KB264676

사랑의 기술 78 가지

사랑의 기술 78 가지

우에니시 아키라 지음 | 홍성빈 옮김

하남출판사

저는 카운슬러로서 지금까지 많은 사람들의 고민을 상담해왔습니다. 고민의 대부분은 연애에 관한 것이었습니다. 짝사랑을 하고 있는 사람은 마음속으로 사랑하는 상대의 마음을, 그리고 현재 연애중인 사람은 어떻게든 애인의 마음을 자기쪽으로 향하게 하고 싶다는 내용이었습니다.

그러나 거의 모든 사람들은 자신이 사랑하는 사람에 관한 생각으로 머리 속이 꽉 차 있을 뿐, 자기 자기 자신에 대해서는 잘 모르고 있다는 느낌을 받았습니다. 상대의 시선을 자신에게 집중시키고 싶다면, 우선 자신을 매력적이고 호감이 가는 사람으로 바꿔야 합니다.

생활도 마찬가지입니다. 작은 결심들을 꾸준히 실천해나가는 태도와 사심없이 상대방을 배려하는 마음이 결과적으로 당신의 인생을 원하는 목적지로 인도해줄 것입니다.

이 책은 실제로 저의 상담실을 찾아주신 분들과 교제중인 커플들의 이야기를 자세하게 소개하고 있습니다.

또한 이론적으로는 머피의 이론과 심리학을 참고로 해서, 연애할 때 직면하게 되는 난관 등을 슬기롭게 해결함으로써 운명의 사람을 만나 행복한 연애를 할 수 있는 방법을 제시하고 있습니다.

자신이 사랑하는 사람에게 사랑 받으면서 행복한 연애를 하고 싶다면, 무엇보다 긍정적인 사고방식을 가져야만 합니다.

다시 말해, 자기 자신에게 자신감을 갖고 상대방을 신뢰하며 절대 불안해하지 않는 것이 중요합니다. 그러면 강인하면서도 너그러운 애정의 소유자가 될 수 있습니다.

연애에만 한정된 것이 아니라, 살아가면서 수많은 역경에 부딪치게 되는 것은 틀림없이 어떠한 원인이 존재하기 때문입니다. 그 원인들을 하나씩 해결해나갈 때, 당신은 사랑하는 사람에게 둘도 없는 소중한 존재가 되는 것입니다.

저는 이 책을 통해서 운명의 사람에게 확실하게 사랑 받을 수 있는 방법을 제시하고자 합니다.

'사랑하는 사람에게 사랑 받고 싶다'

많은 사람들이 바라고 있지만, 마음만큼 잘 되지 않아서 힘들어하고 있습니다. 그러나 이것은 스스로의 힘으로 꼭 실현시킬 수 있습니다. 포기하지 말고 행복의 골인 점을 향해 한 걸음씩 나아가시기 바랍니다.

일본에서 우에니시 아키라

사랑의 기술 78가지

제1장 사랑하는 사람에게 호감을 얻으려면

제2장 사랑 받는 사람이 되려면

제3장 운명의 사람과 맺어지려면

제1장

사랑하는
사람에게 호감을 얻으려면

 사랑은 밝고 긍정적으로

누군가에게 잘 지내냐는 질문을 받았을 때, 당신은 습관적으로 이런 대답을 하고 있지는 않습니까?

"요즘 너무 피곤해서 말이야."

"말도 마! 감기에다 만성피로까지 겹쳐서 죽을 지경이야."

피곤하더라도 항상 "그럼, 잘 지내지. 너는 어때?"라고 대답하는 사람은 상대방에게 좋은 인상을 심어줍니다.

또 "뭐 먹을래?"라는 질문에 "아무거나."라고 성의 없이 대답해놓고서 "그럼, 짬뽕 먹자."라고 상대방이 결정하면 금세 말을 바꿔버리는 사람이 있습니다.

"짬뽕? 난 별로 생각 없는데……. 난 볶음밥 먹을래."

"이태리 요리는 어때?"하고 다시 물어보면 "싫어. 점심 때 스파게티 먹었단 말야."하고 고개를 저으며 상대방을 곤란하게 한 적은 없습니까?

늘 불평과 푸념을 늘어놓는 사람은 영화를 보고서도 부정적인 말만 합니다.

"정말 재미없는 영화였어."

"왜 그렇게 연기를 못 하냐?"

이와 같은 부정적인 마음으로는 사랑하는 사람의 마음을 사로잡을 수 없습니다. 적극적이고 긍정적인 사고방식에서 비롯된 말과 행동이 사랑하는 사람의 마음을 움직이게 한다는 것을 항상 기억하시기 바랍니다.

긍정적인 생각을 갖기 위해서는 당신의 생활을 밝고 건강하게 만들어야 합니다.

예를 들어 화초로 집 안을 채워본다거나, 아름다운 음악을 틀어놓는다거나, 좋아하는 애완동물을 길러보십시오. 그리고 이불이나 베개커버를 자주 갈아주고 집 안을 깨끗하게 청소하는 것도 좋습니다.

또한 사람들과 유쾌하고 즐거운 시간을 보내려면 여러 가지 정보와 유행에 민감해야 합니다. 이것 역시 긍정적인 사고를 위한 좋은 방법입니다.

필요한 정보는 꼼꼼하게 메모하고, 최근 유행하고 있는 것들이나 사랑하는 사람에 관한 것들은 가능한 한 상세하게 알아두어야 합니다. 또한 맛있다고 소문난 음식점이나 분위기 있는 카페 등을 알아두는 것도 좋습니다.

이러한 것들은 사람의 마음을 설렘과 즐거움으로 채워주고 밝고 건강하며 긍적적인 생각을 할 수 있도록 도와줍니다. 그리고 사랑하는 사람의 마음을 움직일 수 있게 해줍니다.

사랑하는 사람을 만날 때는 힘들고 어려운 일이 있어도 항상 웃으며 밝게 생활하는 모습을 보여주는 것이 중요합니다. 부정적이고 우울한 생각만 하는 사람은 밝고 건강한 사랑을 할 수 없다는 것, 이것을 잊지 마십시오.

행복한 사랑은 당신의 밝은 웃음과 긍정적인 생각에서 나오고, 불행한 사랑은 당신의 우울하고 부정적인 생각 안에서 나온다는 것을 잊지 마십시오.

운명을 만들어나가자

　사다오(貞夫) 씨는 모 상사에 근무하는 입사경력 10년의 샐러리맨입니다. 그는 30살의 젊은 나이에 막중한 업무를 맡고 있습니다.

　그는 중요한 일을 책임지고 있다는 부담감 때문에 스트레스를 많이 받고 있습니다. 가끔 긴장을 풀고 휴식을 취하면 좋으련만 입사동기들도 일에 쫓기느라 함께 어울릴 시간이 없습니다.

　그날도 사다오 씨는 녹초가 되어 지하철역 플랫폼에서 지하철을 기다리고 있었습니다. 그런데 누군가가 그에게 말을 걸어왔습니다.

　"저, 혹시 ○○상사에 근무하시는 분 아니세요?"

　깜짝 놀라 돌아보니, 거래처의 접수처 여직원 카타야마(片山) 씨가 서 있었습니다.

　"네, 안녕하세요?"

　사다오 씨도 가볍게 인사를 했고, 두어 마디 형식적인 말이 오고갔습니다.

"다음에 함께 식사라도 해요. 제가 한번 대접해드리고 싶은데……. 천천히 이야기를 하고 싶어요."

그렇게 몇 번 만나다보니 그들은 아주 친해졌습니다. 서로 연락처도 교환하고 얼마 후, 함께 식사도 하고 노래방에도 가는 사이가 되었습니다.

카타야마 씨는 자상하고 남을 배려할 줄 아는 여성입니다. 무엇보다도 사다오 씨의 회사생활에 대한 불평과 푸념을 잘 들어주었고, 언제나 사다오 씨에게 큰 힘이 되어 주었습니다.

"조금만 더 열심히 하면, 편안한 마음으로 일할 수 있는 때가 꼭 올 거예요. 기운을 내세요. 당신은 분명 잘 해낼 수 있을 거예요."

사다오 씨는 말할 수 없이 기뻤습니다. 그리고 그런 그녀가 점점 좋아지기 시작했습니다.

사실 카타야마 씨는 전부터 사다오 씨에게 호감을 갖고 있었습니다. 가끔 자신의 회사에 들러 열심히 일에 몰두하는 사다오 씨가 마음에 들었던 것입니다.

그래서 사다오 씨가 퇴근하는 시간에 맞춰 지하철역 플랫폼에서 그를 기다렸습니다. 우연을 가장한 접근이었던 것이지요. 그녀의 계획은 성공이었고, 두 사람은 연인이 되었습니다.

우리는 카타야마 씨를 계산적이라고 비판해서는 안 됩니다. 오히려 그녀의 계획을 배워야 합니다. 왜냐하면 연애에서 우연은 아주 중요하기 때문입니다.

　우연은 때로 당신과 사랑하는 사람을 운명의 커플로 맺어줄 것입니다. 운명은 신이 정해주는 것이 아니라 인간이 만들어가는 것임을 잊지 마십시오.

사람들은 우연이 계속되면 운명이라고 생각합니다.
사랑하는 사람이 있다면 우연을 가장하여 자주 만나보십시오.
그러면 상대는 당신을 운명의 상대라고 생각할지 모릅니다.

타이밍을 잘 맞추자

"사랑하는 사람에게 내 마음을 어떻게 전하지?"

누군가를 짝사랑하게 되면, 상대에게 다른 이성이 접근하기만 해도 신경이 곤두서고, 어떻게든 자기 쪽으로 관심을 돌리게 하려고 애를 씁니다. 하지만 연애에서 초조함은 절대 금물입니다.

사랑하는 사람에게 자신의 마음을 전하고 싶다면 타이밍을 잘 맞추어야 합니다.

대학교 1학년인 히로코(廣子) 씨는 동아리에서 만난 요시가와(吉川) 선배를 입학 때부터 좋아했습니다. 그런데 요시가와 선배에게는 여자친구가 있었습니다. 몇 번이나 선배를 포기하려고 했지만 그럴수록 선배 생각이 더 많이 났습니다.

그러던 어느 날 동아리 친구가 이런 말을 해주었습니다.

"요시가와 선배, 여자친구랑 헤어졌대."

히로코 씨는 너무 기뻤습니다. 드디어 히로코 씨에게 데쉬할 기회가 생긴 것입니다.

'그래? 이제 선배 곁에 아무도 없단 말이지! 여자친구와 헤어져서 얼마나 외로울까? 내가 그 자리를 채워줘야겠어.'

히로코는 부끄러움을 무릅쓰고 어렵게 요시가와 선배에게 고백을 했습니다. 그러나 선배는 이렇게 말했습니다.

"여자친구랑 헤어졌다는 얘기 못 들었니? 지금 난 그럴 기분이 아니야. 날 좀 가만 내버려두란 말야!"

사실 요시가와 선배도 전부터 그녀를 괜찮은 후배라고 생각했습니다. 그러나 여자친구와 헤어진 충격 때문에 잔뜩 풀이 죽어 있던 터라 그녀의 고백을 무시해버렸던 것입니다.

시간이 흘러 요시가와 선배의 마음이 정리되었을 때, 히로코 씨가 고백을 했더라면 그는 흔쾌히 승낙했을지도 모릅니다. 결과적으로 히로코 씨는 타이밍을 못 맞췄던 것입니다.

'상대방 마음의 틈을 노린다'라는 말이 있습니다. 이것은 연애에 있어서는 타이밍이 아주 중요하다는 것을 뜻합니다.

연애에서는 무엇보다 타이밍이 중요합니다.
성급하게 행동하지 말고 때를 기다리시기 바랍니다.

4 마음부터 예뻐지자

'사랑을 하면 예뻐진다'라는 말이 있습니다. 실제로 사랑을 하면 뇌에서 호르몬이 분비되어 피부에 윤기가 흐르게 된다고 합니다. 그러므로 사랑하는 사람이 생겼다는 것만으로도 당신은 충분히 아름답습니다.

몸과 마음이 아름답다면 주위 사람들은 당신에게 호감을 갖게 됩니다. 또 연애운도 점점 상승하게 되고 당신이 사랑하는 사람도 당신에게 관심을 기울일 것입니다. 예뻐지기 위해서는 기본적으로 가져야 할 마음가짐이 있습니다.

- 아침에 일어나서 물 한 잔을 마신다
- 12시 전에 잠자리에 들도록 한다
- 식물성 식품을 중심으로 한 균형잡힌 식사를 한다
- 스트레스가 쌓이지 않도록 한다

- 주위 사람들과 동·식물을 소중히 여긴다
- 항상 호기심을 갖도록 한다
- 가벼운 체조를 한다

누구나 잘 알고 있는 사실들이지만 생각보다 실천하기 어려운 것들입니다. 위의 7가지 사항을 잘 지키면 심신이 모두 건강해지고 당신은 한층 더 매력적인 사람이 될 것입니다.

중요한 것은 마음가짐입니다. '나는 아름답다'라는 자신감을 갖고 웃는 얼굴로 사람들을 대해보십시오. 자신에게 어울리는 메이크업을 연구해본다거나, 유명 미용실에서 최근 유행하는 헤어스타일로 바꾸지 않고도 내면에서 우러나오는 아름다움을 표현할 수 있습니다.

그리고 또 하나 중요한 것은 주위 사람들을 친절하게 대하는 것입니다. 물론 동·식물에도 애정을 쏟아보시기 바랍니다. 분명히 당신의 마음을 풍요롭게 해줄 것입니다.

미국의 교육자로 잘 알려져 있는 제프 머피 박사는 인간의 아름다움에 대해 다음과 같이 설명하고 있습니다.

"아름다움은 마음먹기에 따라 얼마든지 변합니다. 자신에게 사람을 매혹시키는 힘이 있다고 생각한다면, 당신은 실제로 그를 매혹시킬 것입니다. 그런 당신은 분명 아름다울 것입니다."

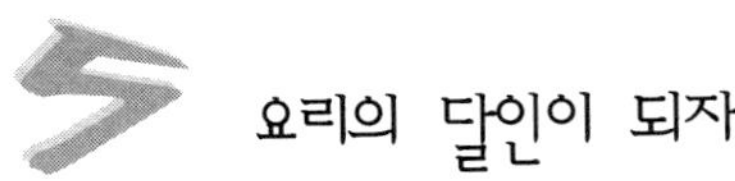

요리의 달인이 되자

사랑하는 사람의 마음을 사로잡으려면, 우선 그 사람의 '혀'와 '위'를 사로잡아야 합니다.

예전에는 요리가 여성의 일이었지만 최근에는 남성들도 요리하는 것을 즐깁니다. 이제 '맛있는 것을 먹는다'는 것은 모든 사람들의 공통된 관심사이며 즐거움입니다. 요리를 잘한다는 것은 연애를 할 때 당신의 좋은 장점이 될 수 있습니다.

예를 들어 친한 사람들을 초대해서 파티를 연다고 가정해봅시다. 사랑하는 사람도 초대해서 당신이 가장 자신 있는 요리를 대접하면 당신을 보는 그의 시선이 변하게 될 것입니다. 요리를 잘하는 사람은 어디서나 환영을 받는다는 것을 명심하십시오.

그 사람과 어느 정도 가까워지면 피크닉이나 드라이브 갈 때, 도시락을 만들어보는 것도 좋습니다. 만약 상대방이 자취를 하고 있다면 그의 집에 놀러가서 직접 만들어주는 것도 좋은 방법입니다. 어쨌든 요리를 잘하면 사랑하는 사람의 마음을 쉽게 사로잡을 수 있습니다.

다음으로 중요한 것은 상대가 어떤 음식을 좋아하는지 알아두어야 한다는 것입니다. 그런 다음, 사랑하는 사람 앞에서 그가 좋아하는 음식을 만들어보십시오. 그 사람은 당신의 맛과 매력에 흠뻑 빠질 것입니다.

제가 아는 금실 좋은 한 부부가 있습니다. 두 사람은 자주 함께 요리를 합니다. 둘이서 장을 보고, 이것저것 서로 이야기하면서 재료를 고른다고 합니다. 이 부부는 요리를 통해 서로의 감정과 생각을 주고받는 것입니다.

특별한 요리는 연인을 행복하게 해줍니다.

음식은 사람과 사람을 친밀하게 만들어주고, 사람을 행복하게 만들어줍니다.
사랑하는 사람을 위해 요리를 해보십시오.
당신의 매력에 상대방은 흠뻑 빠질 것입니다.

6 콤플렉스를 없애는 특효약

요즘 젊은 여성들은 자신의 매력 포인트를 아주 잘 알고 있습니다. 또한 항상 자신감을 갖고 생활하며 자신의 개성을 잘 살릴 줄 압니다. 더 예뻐지기 위해 미용 클리닉에 다니고, 다이어트를 하는 여성도 있습니다.

에리(惠理) 씨는 귀염성 있는 얼굴에 스타일도 별로 나쁘지 않은 편입니다. 그러나 그녀는 자신의 외모에 자신이 없어서 미팅이나 모임에 잘 나가지 않습니다.

또 그녀는 자신의 다리가 마음에 들지 않는다는 이유로 많은 돈을 들여 체형교정센터에 다닙니다. 또 언제나 긴 스커트와 바지만 입습니다.

"에리는 정말 매력적이야. 얼굴도 예쁜 데다 날씬하잖아."

주위 사람들이 이런 말을 해도 그녀는 강하게 부정할 뿐입니다.

어떻게 해야 에리 씨가 외모 콤플렉스에서 벗어날 수 있을까요?

우선, 날마다 한 가지씩 자신의 매력을 찾아보는 것입니다. 그리고 그것에 자신감을 갖는 것이 중요합니다. 당신이 자신감을 가지면 사랑하는 사람도 당신의 매력을 알고 다가올 것입니다.

에리 씨는 어느 날부터 생각을 바꿔 자신의 콤플렉스였던 굵은 다리에 자신감을 갖게 되었습니다. 그녀는 '내 다리는 아주 매력적이다'라고 자신에게 주문을 걸었습니다.

"내 다리가 굵은 건 사실이야. 하지만 굵고 튼튼해서 더 좋은 거 아냐?"

다음 날 에리 씨는 미니스커트를 입고 출근을 했습니다.

"다리가 정말 예뻐요. 그런데 왜 지금까지 감추고 다녔어요?"

사람들은 에리 씨에게 모두 한 마디씩 했습니다. 에리 씨는 너무 기뻤습니다.

"지금까지 제 굵은 다리에 심한 콤플렉스를 갖고 있었어요. 하지만 이젠 생각이 변했어요."

에리 씨는 웃는 얼굴로 솔직하게 말했고, 더 이상 콤플렉스를 갖지 않게 되었습니다.

그러던 어느 날 에리 씨에게 사랑하는 남자와 이야기할 기회가 생겼습니다. 에리 씨는 부담 없이 그와 이야기하면서 여러 차례 이런 주문을 걸었습니다.

'나를 매력적이라고 생각하게 될 거야.'

그녀의 이러한 바람이 그에게 전달된 것일까요? 결국 그녀는 그에게 데이트 신청을 받게 되었고, 연인으로까지 발전했습니다.

　누구에게나 자신만의 매력이 있습니다. 콤플렉스를 자신의 매력으로 바꿀 수 있는 자신감과 용기는 당신을 아름다운 사람으로 만들어줄 것입니다. 당신에게는 남들이 따라할 수 없는 당신만의 개성과 매력이 있다는 것을 잊지 마십시오.

　콤플렉스는 남이 주는 것이 아니라 자신이 자신에게 주는 것입니다. 그러므로 콤플렉스를 없애는 특효약은 바로 당신의 마음에 달려 있습니다.

 실연, 이젠 두렵지 않아!

야요이(彌生) 씨는 사랑하는 남자에게 사랑을 고백했다가 거절을 당한 경험이 많습니다. 그래서 이젠 연애를 아주 두려워하게 되었다고 합니다.

그녀는 남자가 조금만 잘해주면 금방 그에게 빠지고 맙니다. 이러한 그녀의 성격 때문에 남자들은 그녀에게서 도망을 치고는 합니다.

"야요이 씨의 활달한 성격은 도저히 당해낼 수가 없어요. 너무 적극적이라니까요."

남자들은 그녀를 피했습니다.

'이젠 절대 먼저 좋아한다고 말하지 않을 거야.'

그녀는 상심에 빠졌고 의욕도 잃었습니다.

그녀는 새로 들어간 회사에서 무엇이든 친절하게 잘 도와주는 한 남자직원을 좋아하게 되었습니다. 하지만 또 거절을 당할지 모른다는 걱정 때문에 그녀는 고백을 못 하고 있었습니다.

사람들이 당신의 어떤 점을 좋아하게 될지는 아무도 모릅니다. 그러니 너무 힘들어하지는 마십시오.

야요이 씨의 거리낌 없는 활발한 성격을 좋아하는 남자들도 분명 있을 것입니다.

어쨌든 야요이 씨는 실연을 당했던 기억에 지나치게 집착하지 않기로 결심했습니다. 하지만 예전처럼 무턱대고 적극적으로 다가가지는 않기로 했습니다. 마음에 드는 남자와 천천히 자연스럽게 친해질 수 있도록 노력하기로 한 것입니다.

현재 야요이 씨에게는 친구로 만나고 있는 남성이 있습니다. 같이 있으면 즐거워지는 아주 좋은 사람입니다. 아마 언젠가는 상대방이 먼저 야요이 씨에게 사랑을 고백할지도 모릅니다.

"가끔은 사랑의 고백을 기다리는 것도 괜찮은 것 같아요. 좀더 천천히 상대방에 대해 알아가는 시간을 가졌어야 했어요. 지금까지 전 너무 성급하게 행동했어요. 이제는 그러지 않을 거예요."

그녀는 그렇게 말하면서 활짝 웃었습니다.

다음은 머피 박사의 말입니다.

"실패자란 어떤 사람일까요? 머릿속이 실패의 이미지로 가득 차 있는 사람들입니다. 그런 그들의 잠재의식이 그들을 실패자로 만들어버리는 것입니다."

"실패란 어떤 일을 해내는 과정에서 일어나는 것이지 최종적인 결론은 아닙니다. 그러므로 실패를 두려워해서는 안 됩니다."

실연을 두려워하지는 마십시오. 실연 당하는 것이 두려워 항상 웅크리고만 있는다면, 새로운 사랑은 영영 찾아오지 않습니다.

실연은 부끄러운 일이 아닙니다.

명심하십시오. 실연을 두려워하면 새로운 사랑은 찾아오지 않는다는 것을 말입니다.

실연은, 머피 박사의 말처럼 진정한 사랑을 찾아가는 과정에서 생기는 것입니다. 두려워하지 말고 항상 자신감을 가지십시오.

 밀어서 안 되면 당겨보자

유리코(百合子) 씨는 경리 3년 차인 25세의 젊은 여성입니다. 그녀는 입사 때부터 좋아하던 선배가 있었습니다. 유리코보다 세 살 연상의 미혼 남성인 사에키(佐伯) 씨입니다.

미남인 데다 업무처리 능력도 뛰어나고 여직원들에 대한 배려도 깊어 모두들 그를 좋아했습니다. 그런 만큼 유리코 씨의 라이벌은 많았습니다.

유리코 씨는 활발하고 겁이 없는 성격입니다. 그녀는 어떻게든 그의 마음을 사로잡아보려고 적극적으로 노력했습니다. 같이 퇴근도 하고, 회식자리에서 아무렇지도 않게 사에키 씨 옆에 앉아 술을 따라주기도 했습니다.

이러한 노력의 결과, 그녀는 사에키 씨와 친해지게 되었습니다. 하지만 연인으로는 발전하지 못했습니다.

유리코 씨는 자신의 마음을 전하기를 위해 매일 밤 그의 집으로 전화를 했습니다. 그러던 어느 날, 그녀는 사에키 씨의 갑작스런 전화를 받게 되었습니다.

"사실은 유리코 씨와 좋은 동료로 지내고 싶어요. 매일 밤 전화해주는 건 고맙지만, 너무 친해지는 건 서로에게 좋지 않다고 생각해요."

자존심이 많이 상한 유리코 씨는 그에게 더 이상 전화하지 않았습니다. 회사 안에서도 그에게 아는 체를 하지 않았습니다. 업무가 끝나면 서둘러 집으로 돌아갔으며, 회식자리도 바쁘다는 핑계로 늘 빠졌습니다. 왠지 어색했기 때문입니다.

그런데 얼마 후, 유리코 씨는 그의 전화를 받게 되었습니다.

"갑자기 유리코 씨가 멀리 떠나버린 것 같은 느낌이 들었어요. 뭐랄까, 허전하다고 해야 할까요? 어때요, 잘 지내요? 매일 오던 전화가 안 오니까 마음에 걸리네요. 그 동안 무슨 일 있었어요? 언제 식사하지 않을래요?"

'밀어서 안 되면 당겨보자'의 법칙이 성공을 거둔 것입니다.

"만약 제가 그대로 계속 밀어붙이기만 했다면 사에키 씨는 완전히 돌아서고 말았을 거예요. 적극적이었던 제가 갑자기 조용해지니까 그 사람도 신경이 쓰였나봐요."

유리코 씨는 밝은 목소리로 말했습니다.

유리코 씨가 너무 적극적으로 접근했기 때문에 사에키 씨는 부담을 느꼈던 것입니다. 그랬던 그녀가 갑자기 조용해지니까 마음에 걸렸던 것이지요.

무조건 다가가지 말고 잠시 기다려보는 것도 필요합니다. 너무 적극적으로 다가가면 상대방은 당신에게 질려버릴지도 모릅니다.

"8번 밀면, 2번 정도는 당겨본다."
연애에서 무조건 적극적으로 다가가기만 하면 상대방은 도망가버리고 맙니다. 두 걸음 다가가면 한 걸음 뒤로 물러나 기다려보십시오.
그러면 상대방은 당신에게 관심을 보일 것입니다.

9 자신을 표현해보자

　유미(由美) 씨는 말을 잘 못하는 자신에게 항상 불만을 갖고 있었습니다. 친구들과 밥을 먹으러가면 다른 사람들은 쉴 새 없이 떠드는데, 유미 씨 혼자 이야기에 끼여들지 못했습니다. 그러다 보니 친구들도 유미 씨 만나는 걸 점점 꺼리게 되었습니다.

　이렇게 말을 못하는 그녀에게 만약 누군가가 호감을 갖고 다가온다면 그녀는 어떻게 해야 할까요? 이야기를 하려고 해도 전혀 말이 안 나오는 것은 물론이고 상대방의 눈을 똑바로 쳐다볼 수도 없는 유미 씨입니다.

　아무리 매력적이고 똑똑해도 자신을 표현할 수 없다면 상대방은 당신을 이해할 수 없습니다. 결과적으로 이성은 그런 당신에게 호감을 갖지 못할 것입니다.

　"저는 이러 이러한 성격에, 이런 취미를 갖고 있습니다."라고 상대방에게 자신의 생각과 느낌을 분명하게 전달하는 것은 매우 중요합니다.

또 자신이 좋아하는 사람이 혹시나 싫어하지 않을까 해서 무리하게 자신의 취미나 생각을 좋아하는 사람의 스타일에 맞출 필요는 없습니다.

그럼, 유미 씨의 내성적인 성격은 어떻게 변화시킬 수 있을까요? 성격을 바꾸든, 무엇을 하든 본인의 노력에 달려 있다는 것을 잊지 마십시오.

- 조금 창피하더라도 상대방의 눈을 보고 말할 것. 그러기 힘들면 상대방의 입이나 가슴 부분을 보고 이야기한다
- 친한 친구나 애완동물, 거울 등을 보며 하고 싶은 말이나 자신의 생각을 끝까지 말해본다
- '눈앞에 앉아 있는 상대는 나에게 기대하는 것도 바라는 것도 없다'라고 생각하고 하고 싶은 대로 해본다
- 회의석상에서나 여러 사람이 모인 공개토론장에서 손을 들어 질문을 해본다
- 상대방의 이야기를 잘 듣고, 상대방이 자신과 비슷한 생각을 갖고 있거나 같은 경험을 한 적이 있으면 그것에 대해 말해본다

자신이 생각하고 있는 자신의 성격과 다른 사람이 알고 있는 당신의 성격이 정반대일 경우가 있습니다. 어떻게 보면 당신은 말이 없고 얌전한 사람이라기보다 오히려 자신을 표현하려는 욕구가 강한 사람인지도

모릅니다.

당당하게 자신을 표현해보십시오.

'나는 원래 얌전하니까. 말을 잘 못하는 건 어쩔 수 없어.'라는 생각을 버리고 적극적으로 말해보시기 바랍니다. 자신의 생각과 느낌을 표현한다면 당신은 훨씬 더 아름답고 매력적인 사람이 될 것입니다.

당신이 자신에 대해 아무것도 표현하지 않는다면 상대방은 당신에 대해 어떤 것도 알 수가 없습니다.

진심으로 가까워지길 바란다면 두려워하지 말고 상대방에게 마음의 문을 열어보십시오.

10 운동을 하자

학창시절을 떠올려보시기 바랍니다.

당신은 체육시간에 운동장에서 달리기, 뜀틀, 체조 등의 운동을 한 적이 있을 것입니다.

저는 여름에는 수영을, 겨울에는 마라톤을 했던 기억이 있습니다. 또 여름방학 때는 매일 아침 체조를 하러 근처 공원까지 가고는 했습니다. 철봉과 줄넘기를 했던 적도 있고, 꽤 먼 거리를 걸어서 학교에 가기도 했습니다.

그러나 어른이 된 지금에는 운동을 거의 안 하게 되었습니다. 운동을 하는 데도 돈과 시간이 드니 운동을 기피하게 되었던 것이지요.

더구나 현실에서는 자동차나 지하철을 타고 다니느라 거의 걷지 않습니다. 그러니 오랫동안 걸어볼 수가 없습니다. 또 모처럼 여행을 가서도 먹고 노는 데 시간을 허비해버리고 맙니다.

현대인들은 늘 지쳐 있습니다. 정신적으로도 엄청난 스트레스에 시달리니 결국 단 음식만 찾습니다.

운동을 하면 몸이 유연해지고 원기가 회복되며, 뇌에서도 좋은 호르몬이 분비되어 정신적으로 상쾌해진다고 합니다. 또 혈액순환이 원활하여 혈색도 좋아지고 표정도 밝아집니다.

가벼운 달리기만으로도 체내에 적당량의 산소가 공급되는데, 이렇게 운동을 하면 심신이 편안해집니다.

무엇보다 운동을 하는 동안에는 심각한 생각을 하지 않게 되므로 정신건강에 아주 좋습니다.

'건강한 신체에 건전한 정신이 깃든다'는 말이 있습니다. 건강하고 활력적인 연애를 하고 싶다면, 우선 몸이 튼튼해야 합니다.

헬스클럽에 다니거나 등산을 하는 것도 좋은 방법입니다. 또 차를 타고 다니는 것보다는 걷거나 자전거를 타는 것이 좋습니다.

그러면 시야도 넓어지고 몸과 마음도 상쾌해질 것입니다. 이런 당신에게는 새로운 사람과의 만남이 기다리고 있을지도 모릅니다.

어른이 된 지금이야말로 운동은 꼭 해야 합니다. 더욱이 연애중인 사람들은 몸과 마음을 활성화시켜야 합니다.

건강하지 못한 사람에게는 사랑하는 사람의 마음을 사로잡을 에너지가 없습니다. 몸과 마음이 건강해야 사랑하는 이와 멋진 연애를 할 수 있다는 것을 잊지 마십시오.

다음은 머피 박사의 말입니다.

"치유력은 그 사람의 마음에 따라 달라집니다. 긍정적이고 명랑하며 적극적인 사람의 자연치유력은 부정적인 관념에 사로잡혀 있는 사람의 자연치유력보다 훨씬 높습니다."

운동은 당신을 보다 더 적극적이고 긍정적인 사람으로 만들어줄 것입니다. 잠깐 동안이라도 운동을 하는 습관을 기르십시오.

건강한 사람은 건강하지 못한 사람보다 더 밝고 긍정적입니다.
이렇게 건강한 사람이 연애를 활기차게 할 수 있습니다.

11 자주 만나자

모임이나 여행에서 알게 된 남녀는 처음 얼마 동안은 서로에게 호감을 갖고 들뜬 상태에서 연락을 주고받게 됩니다. 그러나 대부분의 경우, 시간이 흐르면 마음이 점점 시들해져 결국에는 거의 연락을 안 하게 됩니다. 왜 그럴까요?

멀리 떨어져 있는 사람과 지속적으로 연락을 주고받으려면 인내심이 필요합니다. 또 별로 호감을 느끼지 못했던 상대라도 매일 만나면 가까워져 결국 연인으로까지 발전하는 경우가 많습니다. 우리 주변에 사내 결혼이 많고 학교동창과 사귀는 일이 많은 것도 이 때문입니다. 사람은 누구나 자주 만나는 사람과 가까워지게 마련입니다.

같은 직장에 다니고 있는 사람을 좋아하고 있다면, 출퇴근 시간을 잘 맞춰 우연인 것처럼 자주 만나는 것이 필요합니다. 또한 그 사람이 자주 가는 행사나 모임, 회식자리에는 되도록 빠지지 않고 참석해야 합니다.

만약 같은 직장이 아닌 경우에는 편지나 메일을 자주 보내고 정기적으로 전화를 해서 안부를 묻는 것이 좋습니다. 사랑하는 사람과 연인으로 발전하려면 무엇보다 자주 만나야 한다는 것을 명심하십시오.

이즈미(泉) 씨는 만날 기회가 거의 없는 사람을 좋아하게 되었습니다. 상대는 스키장에서 알게 된 두 살 연하의 대학생이었습니다.

스키장에서 다른 친구들과 함께 어울려 즐겁게 시간을 보낸 다음에 헤어지면서 연락처도 주고받았지만, 어쩐 일인지 연락을 할 수가 없었습니다.

'이렇게 망설이다가는 앞으로 영영 못 만나게 될 거야.'

오랫동안 혼자 고민하던 이즈미 씨는 스키장에서 함께 찍은 사진을 전해주겠다는 이유로 스키장에서 만났던 친구들 모두에게 연락을 했습니다. 둘이서 만나는 것보다는 나을 것 같았기 때문입니다.

분위기가 무르익자 모두 즐거워했습니다. 이즈미 씨가 사랑하는 그 사람도 아주 즐거워보였습니다. 노래방에서 이즈미 씨는 아무렇지도 않게 그의 옆자리에 앉았습니다. 그리고 그에게 술을 따라주기도 하고 함께 노래를 부르기도 하면서 가까워지려고 노력했습니다.

그날 밤, 이즈미 씨는 너무 늦어서 다른 사람들보다 먼저 돌아가야 했습니다. 그런데 그녀는 집에 돌아와서야 노래방에 모자를 두고왔다는 것을 알았습니다. 그렇다고 다시 돌아갈 수도 없었습니다.

이즈미 씨의 친구는 그 남자에게 이렇게 말했습니다.

"제가 내일부터 여행을 가거든요. 대신 이즈미에게 모자를 전해주셨으면 하는데……."

이즈미 씨의 마음을 알고 친구가 일부러 그 남자에게 부탁을 한 것이었습니다.

그는 이즈미 씨의 모자를 전해주기 위해 그녀에게 전화를 걸었고, 단 둘이 만난 그들은 곧 연인이 되었다고 합니다.

누군가를 사랑하고 있다면 그와 만나야 합니다. 자주 만나야 두 사람의 사랑이 커질 수 있습니다.

접촉빈도수와 호감도수가 비례한다는, '자이언스의 법칙'이라는 것이 있습니다. 이 법칙은 자주 만나야 연인으로 발전할 가능성이 높다는 것을 말합니다.

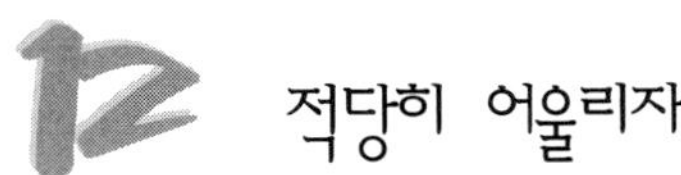 적당히 어울리자

미에(美惠) 씨는 27세 여성으로 활발하고 사교성이 좋아 누구나 그녀에게 호감을 갖고 있습니다. 또 그녀는 초대를 받으면 절대 거절하지 않고 빠짐없이 참석하는 성격으로, 사람들과 어울려 노는 것을 아주 좋아하는 사람입니다.

이처럼 어울리는 것을 좋아하다보니 남성들로부터 데이트 신청도 많이 받았습니다. 그러나 미에 씨는 아무도 사귀지 않고 다들 친구라고 생각하며 어울릴 뿐이었습니다. 그런 그녀를 여자친구들은 뒤에서 헐뜯었습니다.

"여기저기 안 끼는 데가 없다며? 글쎄, 남자들이 가자고 하면 어디든 다 따라간대."

그런 소문이 돌면서 데이트 신청이 줄었습니다. 또 모임에 같이 가자는 사람도 없었고, 여자친구들도 그녀를 피하기 시작했습니다.

활발하고 붙임성 있는 성격은 좋지만 너무 지나치게 행동하면 자칫 오해를 살 수 있다는 것을 그녀는 모르고 있었던 것입니다. 결국 이런 소문까지 돌았습니다.

"미에는 누구와도 스스럼없이 자는 여자래."

미에 씨는 같은 회사의 남자동료를 좋아하고 있었는데, 그녀에 대한 이런 소문은 그 사람의 귀에까지 들어가고 말았습니다.

미에 씨는 지나치게 가벼운 자신의 행동을 반성했습니다.

"나도 이제 스물 다섯의 성인이야. 학생 때라면 몰라도, 여러 남자들과 여기저기 놀러다니는 건 이제 그만 하자. 계속 이러다가는 그 사람에게 나쁜 인상만 주게 될 거야."

미에 씨는 그 다음부터 술자리와 모임에 나가지 않고 그대신 꽃꽂이를 배우러다녔습니다. 꽃꽂이를 배우면서 그녀는 정신적으로 아주 편안해졌습니다. 회사 안에 돌던 그녀에 대한 소문도 점점 조용해졌습니다. 그리고 시간이 흐르면서 그녀가 좋아하던 남성도 웃는 얼굴로 인사를 해오기 시작했습니다.

"지금까지는 사람들과 놀러다니거나 술 마시는 게 즐거웠어요. 하지만 이제는 조용히 나만의 시간을 갖는 게 좋아요. 진심으로 웃을 수 있게 되었다고 할까요? 사실 그 동안은 다른 사람의 기분을 맞추기 위해 억지로 웃는 일이 많았거든요."

미에 씨는 빙그레 웃으며 말했습니다.

누구와도 잘 어울리며 애교가 넘치는 여성은 여러 남성들의 관심을 끌게 됩니다. 그러나 진심으로 사랑하는 사람의 마음을 사로잡기 위해서는 숨겨진 자신만의 매력이 필요합니다.

　미에 씨의 경우처럼 오해를 불러일으킬 만한 행동은 하지 않는 것이 좋습니다. 여러 사람에게 인기가 많은 것보다 당신의 연인에게 인기가 많은 것이 더 아름다운 일입니다.

여러 사람들과 즐거운 시간을 보내는 것은 좋은 일입니다.
그러나 여기저기 다 끼여 가벼운 사람으로 보이지 않도록 적당히 자제하는 것이 필요합니다.

 ## 사소한 동작에도 신경 쓰자

요시코(良子) 씨는 같은 회사의 도쿠야마(德山) 상사로부터 아주 흥미로운 이야기를 들었습니다.

52세인 도쿠야마 씨는 결혼생활 30년으로 그가 지금의 부인에게 마음을 빼앗겼던 것은 아주 사소한 일 때문이었다고 합니다.

어느 날 도쿠야마 씨는 운송되어 온 화물을 정리하고 있었습니다. 그러다 화물을 묶었던 끈을 하나하나 매듭으로 만들어 휴지통에 담고 있는 여직원이 눈에 들어왔습니다.

'아주 꼼꼼하고 성실한 사람이군.'

도쿠야마 씨는 그날 밤 그녀에게 저녁식사를 함께 하자고 했습니다. 그녀는 함께 식사를 하면서 도쿠야마 씨를 세심하게 배려해주었습니다. 도쿠야마 씨는 그녀의 세심한 배려에 감동을 받았고, 곧 그녀와 결혼을 했습니다.

꽃병에 꽃을 꽂을 때, 과일을 깎을 때, 차를 준비할 때 자신의 평소 태도나 버릇이 그대로 드러나는 경우가 많습니다.

그러므로 평소 조심성 없게 행동하면, 생각지도 못한 순간에 자신의 나쁜 습관이 그대로 나타납니다. 그러니 일상생활에서 늘 조심스레 행동하는 습관을 들이도록 하십시오.

자신의 주변에 있는 사람이나 사랑하는 사람에게만 잘해주어서는 안 됩니다. 전혀 모르는 사람이나 우연히 마주치는 사람들에게도 주의를 기울여야 합니다.

가령, 공중화장실에서 화장지가 떨어졌을 때, 새 휴지로 교체해놓는 배려가 필요합니다. 실제로 대다수의 사람들이 못 본 척하고 그 자리를 떠나는 경우가 있습니다.

항상 어느 때나 누구에게나 인사해보십시오.

"감사합니다."

"수고하셨습니다."

상냥하게 웃으며 인사하는 당신을 싫어할 사람은 아무도 없습니다. 찡그리고 화난 얼굴보다 웃는 얼굴이 더 예쁘고 사랑스러운 것처럼 남을 배려할줄 아는 당신의 마음은 정말 아름답습니다.

"돈을 냈으니까 당연한 거지, 내가 왜 인사를 해?"

"내가 먼저 인사할 필요가 뭐 있어. 하고 싶으면 그쪽이 먼저 하라고 해."

이렇게 말하며 상대에게 예의를 차리지 않는다면, 언젠가 당신도 남에게 무시를 당할 수 있습니다.

　다시 말해 이것은 삶의 방식과 관련된 중요한 문제라고 할 수 있습니다. 당신의 삶의 방식이 당신의 행동에 그대로 나타나기 때문입니다. 넉넉한 마음으로 남을 배려할줄 아는 당신이 되시기 바랍니다.

항상 남을 배려하는 마음으로 생활하면, 당신의 작은 행동 하나하나에도 남을 배려하는 마음이 묻어날 것입니다.
그런 당신의 마음을 누군가가 사랑하고 있을지 모릅니다.

14 만날 수 있는 것만으로도 행복하다

세이코(誠子) 씨는 바쁜 회사 일 때문에 남자친구를 만날 시간이 없었습니다. 그러다 겨우 시간을 내어 토요일 저녁 치가사키(茅ヶ崎)역에서 만나 해안선을 따라 드라이브를 했습니다.

"아주 근사한 레스토랑을 알고 있는데, 한번 가보지 않을래?"

이렇게 말하면서 그는 속력을 내기 시작했습니다. 그런데 아무리 찾아도 그 레스토랑은 보이지 않았습니다.

"정말 이상해. 분명히 이 근처라고 들었는데……."

근처를 몇 번이나 돌며 찾아보았지만 카페는 없었습니다. 그러는 사이에 밤이 되었습니다. 조금 전까지도 로맨틱했던 해변은 밤이 되자 새까맣게 변해버렸고, 세이코 씨는 점점 불안해졌습니다.

"그 레스토랑 다음에 가는 건 어때요? 오늘은 그냥 다른 레스토랑으로 가요."

세이코 씨의 말대로 두 사람은 근처 패밀리 레스토랑에서 식사를 하기로 했습니다. 그런데 주차장에 들어서자 자동차 엔진이 멈춰버리고 말았습니다.

"어떡하지? 오늘 왜 이렇게 운이 없는 거야!"

난감한 표정을 짓고 있는 그에게 세이코 씨는 이렇게 말했습니다.

"난 괜찮아요. 당신과 있다는 것만으로도 행복해요. 그 레스토랑에는 다음에 가면 돼요."

세이코 씨의 말에 그는 감동을 받았습니다.

"오랜만의 데이트라서 지나치게 신경을 썼나 봐. 당신 말이 맞아. 함께 있을 수 있다는 것만으로도 너무 기뻐."

두 사람은 패밀리 레스토랑에서 식사도 하고, 차도 마시면서 즐거운 시간을 보냈습니다. 물론 그날의 데이트는 그렇게 끝나버리고 말았지만, 두 사람은 정말 행복했습니다.

어디에서 무엇을 하며 어떻게 시간을 보내느냐보다 더 중요한 것은 두 사람이 함께 있다는 것입니다.

- 만났다는 사실 자체가 행복이다
- 만나기만 해도 기쁘다
- 함께 있을 수 있는 것만으로도 행복하다
- 그를 사랑할 수 있었다는 것이 너무 감사하다
- 그를 만난 나는 정말 행복한 사람이다
- 난 그 사람만 있으면 세상을 다 가진 것처럼 행복하다

이렇게 느낄 수 있는 마음이 다른 무엇보다 소중합니다.

함께 있다는 것만으로도 행복하다고, 사랑하는 사람에게 말해보십시오. 그 혹은 그녀는 당신의 그 말 한 마디에 세상을 다 얻은 것처럼 기뻐하며 감동을 받을 것입니다.

무엇보다 중요한 것은 함께 있다는 것입니다.
함께 있다는 것에 감사하십시오.

15 대화가 중요하다

'대화가 없어지면 부부관계는 끝이다'라는 말이 있습니다. 물론 연인의 경우도 마찬가지입니다.

세상에는 말수가 적은 사람도 있고 말이 많은 사람도 있습니다. 그러나 좋은 관계를 유지하려면 무엇보다 대화가 필요합니다.

만난 지 6개월 만에 결혼에 성공한 커플들은 모두들 이렇게 말합니다.

"처음 만났을 때부터 대화가 아주 잘 통했어요."

또 처음에는 별로 마음에 들지 않다가 나중에는 연인으로 발전한 커플들은 이런 말을 합니다.

"처음에는 다가가기 어려웠는데, 막상 얘기를 해보니까 의외로 상냥하고 편안하더라구요."

즉 행복한 만남을 위한 첫 단계는 편안한 대화로 분위기를 즐겁게 만드는 것이라고 할 수 있습니다. 그렇다고 무리하게 혼자서 계속 말을 하거나, 쓸데 없는 농담만 늘어놓는 것은 좋지 않습니다. 마음이 맞으면 분위기도 자연스럽게 무르익기 때문입니다.

그러므로 자신이 좋아하는 이야기나 관심 있는 것에 대해서는 느낀 그대로 솔직하게 이야기하는 것이 좋습니다. 사랑하는 사람에게 너무 잘 보이려고 애쓰다가 속마음을 솔직하게 표현하지 못하거나, 물어보고 싶은 것도 제대로 물어보지 못하는 경우가 있어서는 안 됩니다.

가장 좋은 대화는 서로 솔직하게 느낀 그대로를 이야기하는 것입니다.

요우코(裕子) 씨와 아키라(晃) 씨는 대학교 때부터 사귀었습니다. 그런데 두 사람 모두 일이 바쁘다보니, 직접 만나기보다 주로 전화통화만 하며 지내게 되었습니다.

"일단 이야기를 시작하면 멈추기가 힘들어요. 어떨 때는 아침까지 하는 경우도 있어요. 어떤 특별한 이야기를 하는 것도 아닌데, 이런저런 살아가는 이야기를 하다보면 늘 길어지게 돼요. 둘 다 말을 좀 많이 하는 편이라서……."

요우코 씨는 웃으면서 이렇게 말했습니다. 그러나 두 사람 모두 말이 많은 편은 아닙니다. 오히려 얌전하다고 할 수 있습니다. 이런 그들이 서로 만나기만 하면 말이 많아지는 것입니다.

"두 사람 다 바쁘기 때문에 자주 만나긴 힘들어요. 그래서 매일 무슨 일이 있었는지, 어떤 TV 프로를 보고 어떤 생각을 했는지 서로 이야기를 해요. 그와 이야기할 때가 가장 행복해요."

무엇보다 이야기하는 것을 즐기는 두 사람이었습니다. 그들은 대화로 항상 자신의 생각과 느낌을 서로에게 전달하기 때문에 그토록 오랫동안 사랑을 지킬 수 있는 것입니다.

당신도 사랑하는 이와 아주 사소한 것이라도 서로 이야기를 나누어 보십시오. 그러면 오랫동안 서로에 대한 사랑을 지켜나갈 수 있을 것입니다.

16 삼각관계를 피하는 방법

하루미(晴美) 씨에게는 사귄 지 3년 된 남자친구가 있습니다.

둘이서만 만나는 일에 흥미를 잃은 그녀는 친구들을 불러 함께 노는 것도 괜찮다는 생각을 했습니다. 그래서 어렸을 때부터 친하게 지내온 유키미(由紀美) 씨를 불러 함께 식사를 하기로 했습니다.

그런데 유키미 씨를 대하는 그의 표정이 예사롭지 않았습니다. 지금까지 본 적이 없는 부드러운 미소로 그녀를 바라보고 있는 것입니다.

하루미 씨는 가슴이 철렁 내려앉았습니다. 고등학교 때부터 하루미 씨가 좋아했던 남자들은 모두 유키미 씨를 좋아했었습니다.

유키미 씨에게 친절한 그를 보자 하루미 씨는 무척 예민해졌습니다. 불안하기만 한 하루미 씨. 그녀는 그에게 애교를 부리기 시작했고, 친구 유키미 씨를 무시하고 단 둘이 이야기를 했습니다. 그러자 유키미 씨는 급한 일이 있다며 서둘러 자리에서 일어났습니다. 겨우 안심하는 하루미 씨에게 그가 차갑게 쏘아붙였습니다.

“지금 뭐 하는 거야? 오늘 따라 왜 이래? 유키미 씨가 같이 있는 게 싫어서 그래? 그럼 부르지 말았어야지. 유키미 씨 입장만 곤란해졌을 거 아냐!”

“자기가 유키미한테 유별나게 잘해주는 것 같아서 그랬어! 나에게 언제 그렇게 해준 적 있었어?”

“무슨 말을 그렇게 해! 하루미 친구라고 해서 될 수 있는 대로 잘해주려고 했던 것뿐이야. 그럴 거였으면 친구는 왜 불러서 서로 어색하게 만들어? 좋아, 그럼 앞으로 네가 아는 사람 만나면 모른 척하도록 할게.”

급기야 두 사람은 싸우고 말았습니다.

그는 유키미 씨가 마음에 들어서 잘해준 게 아니었습니다. 하루미 씨의 친구에게 좋은 인상을 주기 위해 웃어주었던 것입니다. 고등학교 때 자신이 좋아한 남자들이 모두 유키미 씨를 좋아했던 기억을 가지고 있는 하루미 씨였기 때문에 그를 오해하고 말았던 것이지요.

연애중인 사람들에게 쓸데 없는 걱정과 지나치게 예민한 반응은 아주 위험합니다. 하루미 씨의 경우처럼 친구도 잃고 사랑하는 이와도 감정이 상하기 쉽기 때문입니다. 결과적으로 자신만 손해를 보는 것입니다.

만약 그가 유키미 씨를 마음에 들어했다면, 복잡한 삼각관계가 되어버렸을 것입니다. 따라서 자신이 사랑하는 사람과 동성친구가 함께 만나는 자리는 되도록 피하는 것이 좋습니다.

만약 자신의 데이트에 친구를 부르고 싶다면 친구의 애인도 함께
부르는 것이 좋습니다.

잊지 마십시오. 홀수는 NO, 짝수는 YES입니다.

연애에서 삼각관계는 자주 일어납니다.
삼각관계에 빠지지 않으려면 셋이 만나지 말고 넷이 만나야 합니다.
즉 홀수로 만나는 것보다는 짝수로 만나는 것이 좋습니다.

취미로 자신을 표현하자

당신은 사람들을 만나 주로 어떤 이야기를 하십니까?

연예인, 패션, 맛있는 음식, 스포츠, 생활, 오락, 연애……. 대부분의 사람들은 상대방이 좋아하는 화제에 자신을 맞추어 말합니다.

그러나 좋아하는 사람 앞에서 자신과 자신의 삶에 대해 자신 있게 이야기하는 것이 좋습니다.

"이 일에 보람을 느껴요."

"저의 취미를 살려서 이런 일을 해보고 싶어요."

자신의 생각과 감정, 꿈에 대해 적극적으로 이야기해 보십시오. 그러면 상대방은 당신의 생각과 삶을 보다 잘 이해해주고 배려해줄 것입니다.

오시다(押田) 씨는 26세의 회사원이며 아직 미혼입니다. 그는 여러 여성들을 만나보았지만 연인으로 발전하는 데는 늘 실패를 했습니다. 그는 여성과 둘만의 시간을 갖게 되면 이야기를 자연스럽게 풀어나가지 못하고 분위기를 어색하게 만들어버리는 것이었습니다.

상대 여성을 편안하게 해주고 싶었는데, 아무리 노력해도 뜻대로 잘 되지 않았습니다. 한마디로 그는 말주변이 없는 사람이었던 것입니다.

"상대 여성에게 이것저것 질문만 하지 말고, 오시다 씨 자신의 이야기를 해보면 어떨까요? 다시 말해서, 우선은 상대방이 오시다 씨의 성격이나 취미에 대해 알 수 있도록 이야기를 해보는 겁니다."

제가 이런 조언을 해주자, 그가 대답했습니다.

"글쎄요……. 그러면 다음에는 제 이야기를 한번 해보겠습니다."

얼마 후 오시다 씨는 반가운 소식을 전해주었습니다.

"선생님이 말씀하신 대로 제 이야기를 많이 했더니 그녀가 관심을 가져주더라구요. 다음에 또 만나서 더 많은 이야기를 하자고 했어요. 두 번째 데이트까지 연결된 것은 처음이에요. 정말 믿어지지 않아요. 선생님, 정말 감사합니다."

사실 오시다 씨는 그림 그리는 취미를 갖고 있었습니다. 그녀에게 주말마다 경치가 아름다운 곳을 찾아다니며 스케치를 한다고 했더니, 그녀는 그림 감상하는 것을 아주 좋아한다고 했답니다.

그리고 그녀가 좋아하는 화가와 미술관에 대해 이야기하면서 분위기가 아주 좋아졌다고 합니다. 오시다 씨가 개인전을 열고 싶다고 하자, 그녀는 눈을 반짝이면서 "그땐 꼭 보러 갈게요."하고 말했다는 것입니다.

취미를 통해 자신의 내면세계를 표현할 수 있다면, 상대방은 당신에

게 호감을 보이게 될 것입니다. 솔직하고, 재미있게, 또 자신 있게 자신
을 표현하는 것이 중요합니다.

취미생활은 일상생활에 휴식과 즐거움을 줍니다.
이런 취미생활로 자신을 표현해보십시오.
그러면 상대방은 당신을 보다 더 잘 이해해줄 것입니다.

18 남을 칭찬하면 득이 된다

저는 어떤 회사에서 남녀 모두에게 인기가 많은 유카(由佳) 씨라는 한 여직원을 만난 적이 있습니다. 그녀는 28세로 스포츠를 아주 좋아하는 당찬 여성이었습니다.

그녀를 직접 만나고 나서야 왜 그렇게 그녀가 인기가 많은지 비로소 알 수 있었습니다.

그녀는 겉으로 보기에는 아주 평범한 여성이었습니다. 다시 말해 그녀는 미인도 아니었고, 언변이 좋은 사람도 아니었습니다. 그러나 유카 씨는 누구에게나 사랑을 받고 있었습니다. 그녀만의 비결은 무엇이었을까요?

유카 씨는 남을 잘 칭찬해주는 사람이었습니다. 자신이 사랑하는 남성에게만 그런 것이 아니라, 동료 여직원은 물론이고 모든 직원들과 상사와 선배, 심지어는 처음 보는 사람에게까지 칭찬을 해주었습니다.

또한 그녀는 사람들에게 늘 밝은 목소리로 인사를 합니다. 그리고 반드시 한 마디를 덧붙입니다.

예를 들어 남자들에게는 넥타이나 양복이 잘 어울린다고 이야기해주고, 여자들에게는 헤어스타일이나 그날의 옷차림에 대해 기분 좋게 칭찬해줍니다. 또한 직장 상사에게는 전날 함께 식사하러 갔던 곳에 대해 칭찬을 합니다.

"그 집 정말 맛있었어요. 아주 근사한 집을 알고 계시던데요?"

대부분의 사람들은 칭찬을 받으면 매우 좋아합니다. 그러니 칭찬을 잘해주는 유카 씨를 사람들이 좋아하는 것은 당연한 일입니다. 단순한 방법이지만, 기대 이상의 효과가 있으니 칭찬을 해보십시오.

서로의 마음을 잘 알고 있는 친한 친구나 남자친구를 만날 때도 마찬가지입니다. 옷차림이나 머리스타일에 대해 칭찬을 해보십시오. 그러면 상대방도 당신의 옷이나 액세서리 등을 칭찬해줄 것입니다. 이렇게 칭찬이 오가는 사이에 서로 가까워지고 서로에 대해 좋은 감정이 생겨나는 것입니다.

단, 주의할 것은 '진심으로, 그리고 자연스럽게' 칭찬을 해야 합니다. 상대방의 비위를 맞추기 위해 칭찬을 하다가는 오히려 상대방에게 불쾌감을 주고 만다는 것을 잊지 마시기 바랍니다.

결혼한 지 10년이 넘은 부부들 중, 서로 칭찬을 잘해주는 부부가 그렇지 않은 부부들에 비해 금실이 더 좋습니다. 서로 칭찬하는 사람들이 많을수록 밝고 건강한 사회가 될 것입니다.

유카 씨는 자기 자신에 대해서도 칭찬을 아주 잘합니다.

“오늘 일하느라고 정말 수고했어. 아주 잘 했어.”

“어머! 이 화장 나한테 아주 잘 어울리네?”

“이 색깔 오늘 아주 잘 받는데?”

그 결과, 그녀는 점점 매력적이고 아름다워져갔습니다.

우리 모두 자기 자신도 칭찬할줄 아는 사람이 되어야 합니다. 칭찬은 가장 큰 힘이라는 것을 잊지 마시기 바랍니다.

칭찬은 가장 큰 힘이 됩니다.
상대방에게 그리고 자신에게 칭찬을 해보십시오.
칭찬을 받은 상대방과 자신은 하루 종일 기분 좋게 생활할 수 있을 것입니다.

 고민과 푸념은 남을 불편하게 한다

- 내 이야기를 진지하게 들어줬으면 좋겠어
- 내가 힘들면, 친절하게 조언도 해줬으면 좋겠어
- 언제나 나만 생각했으면 좋겠어. 내가 아프거나 힘들면 언제든지
  달려와 나를 위로해주었으면 좋겠어

이렇게 생각하는 것은 자연스러운 일입니다.

그러나 때로는 상대방이 자신의 이야기에 귀기울여주지 않는 경우도 있습니다.

'애인이 있으면 뭐해! 고민 하나도 제대로 안 들어주는데……'

'난 이렇게 힘든데, 왜 위로도 안 해주는 거야.'

사람들은 기대하고 있던 말 한 마디 해주지 않고, 위로도 해주지 않으면 실망을 하고 섭섭해합니다.

그러나 반대의 경우도 있습니다. 고민도 정성껏 들어주고 위로도 아

끼지 않으며 조언까지 해주는 사랑스런 애인도 있습니다.

그러나 그렇다고 해서 그 혹은 그녀가 무조건 좋은 애인 또는 좋지 않은 애인이라고 단정지을 수는 없습니다. 정성껏 고민을 들어주는 사람이라고 해서 자신을 많이 사랑한다고는 할 수 없기 때문입니다. 또한 자신의 이야기를 들어주지 않는다고 해서 자신을 사랑하지 않는다고 할 수도 없습니다.

사람에 따라, 성격에 따라 이야기를 들어주는 정도는 다 다릅니다. 그러니 섣불리 판단하여 자신을 사랑한다 혹은 사랑하지 않는다고 결론을 내리지는 마십시오.

사랑하는 사람과 친한 친구 앞에서 자신의 고민을 스스럼없이 털어놓는 사람도 있습니다. 그러나 이것이 꼭 좋은 방법이라고는 할 수 없습니다. 상담하고 싶은 일이 있으면, 상대방에게 양해를 구하고 나서 진지하게 상담하는 게 좋습니다.

아무 때나 자신의 고민과 푸념을 털어놓는 것은 상대방에게 폐를 끼치는 일입니다. 또한 그런 푸념이 끊이지 않을 경우, 상대방은 질려 버릴 것입니다.

사랑하는 사람 앞에서 고민이나 부정적인 생각은 되도록 표현하지 않는 것이 좋습니다. 기댈 수 있는 사람이니까 편하게 고민을 털어놓는 마음은 이해합니다. 그러나 지나친 어리광과 투정은 오히려 상대방에게 부담을 줄 수 있다는 것을 잊지 마십시오.

자신의 고민은 자기 스스로 해결하겠다는 강한 신념이 필요합니다.

너무 힘들어서 견딜 수 없을 경우에는 상대방에게 정중히 양해를 구하
고 상담하십시오.

그러나 자신의 문제는 자신이 해결하는 것이 가장 좋은 방법입니다.

사람이라면 누구나 고민이 있습니다.
또 한두 번의 쓰라린 경험 정도는 마음에 담고 살아갑니다.
그렇다고 해서 부정적인 말과 행동을 하는 것보다는 밝고 건강하게
살아가는 것이 더 아름답습니다.

20 함께 휴식을 즐기자

히사코(久子) 씨는 애인 오다(沖田) 씨로부터 좀 색다른 데이트 신청을 받았습니다.

"편안한 숙면을 취할 수 있는 릴랙스 카페(Relax Cafe)가 있어. 그곳에 가면 편히 쉴 수가 있대. 우리도 한번 가보자."

오다 씨의 말에 히사코 씨는 호기심이 생겨서 그와 함께 가보기로 했습니다.

카페직원이 눈 주위를 가볍게 마사지를 해주더니 헤드폰을 씌워주고 푹신푹신한 바디소닉(역주 : Bodysonic – 의자에 앉아서 음악이나 리듬에 맞춰 전달되어 오는 저음의 진동을 몸으로 듣는 장치로 음악요법에도 사용된다)용 의자에 앉혀주었습니다.

히사코 씨와 오다 씨는 바로 깊은 잠에 빠져들었습니다.

"요즘 밤에 잠을 잘 못 잔다고 했지? 여기는 방해하는 사람이 아무도 없으니까 편하게 잘 수 있을 거야. 겨우 10분 동안이기는 하지만 자고 나면 몸과 마음이 아주 상쾌해질 거야.”

히사코 씨는 그의 배려에 깊은 감동을 받았습니다. 요즘 그녀는 회사 일 때문에 너무 피곤해서 오다 씨와 주위 사람들에게 제대로 신경을 써주지 못했던 것이 사실입니다.

릴랙스 카페에서 충분한 수면을 취한 후, 느긋해진 마음으로 히사코 씨와 오다 씨는 맛있게 식사를 했습니다.

릴랙스 카페에서의 쾌감・쾌적 수면의 체험은 일종의 변성의식상태에 들어감으로써 가능한 데, 이러한 의식상태에서는 눈에 보이는 것, 귀에 들어오는 모든 것들이 마치 처음 대하는 것처럼 신선하게 느껴진다고 합니다.

그녀는 이 일로 오다 씨를 많이 신뢰하게 되었습니다.

이처럼 피로가 쌓일 때에는 연인끼리 느긋하게 피로를 풀 수 있는 곳을 찾아가보는 것이 좋습니다.

오다 씨와 히사코 씨처럼 숙면을 취할 수 있는 카페나 스포츠 센터, 찜질방, 힐링 숍(역주 : Healing Shop - 현대인의 마음의 병을 치료하기 위해 특별히 설치된 숍), 그리고 둘만의 아지트 등에 가서 기분전환을 하는 것도 좋은 방법입니다.

어쨌든 수면부족과 스트레스는 최대한 피해야 할 적입니다. 그러니 스트레스는 반드시 풀어야 합니다. 애인과 함께 스트레스를 풀 수 있는 방법을 찾아보십시오. 아주 색다른 경험일 것입니다.

둘만의 즐거운 시간을 보내기 위해서라도 몸과 마음을 건강하게 유지하도록 하십시오. 피곤하다고 생각되면 둘이서 함께 피로를 풀어보는 것도 좋은 방법입니다.

평소 보여주지 못했던 모습을 보여준다거나, 평소 함께 하지 못했던 일들을 해본다거나 하는 것은 처음 만났을 때처럼 설렘과 긴장감을 줄 것입니다.

함께 할 수 있는 새로운 것을 한번 찾아보십시오.

 힘들 때는 함께 휴식을 취해보는 것이 좋습니다.

 ## 모험심을 자극하는 데이트를 하자

아슬아슬하게 흔들리는 다리(적교 : 吊橋) 위에서 만나는 남녀는 사랑에 빠지기 쉽다고 합니다.

이러한 현상을 사회심리학 용어로 적교효과라고 하는데, 흔들리는 다리 위에서는 위험하기 때문에 서로 의지하게 된다는 것입니다. 이때는 심장이 두근거리면서 마치 연애할 때와 같은 기분을 느끼게 된다고 합니다.

제 친구는 우연히 학교축제를 구경하러온 한 여고생과 함께 도깨비 집에 들어가게 되었다고 합니다. 두 사람은 처음 보는 사이임에도 불구하고 서로 손을 꼭 잡고 도깨비 집을 통과하게 되었습니다. 이렇게 도깨비 집을 통과한 둘은 아주 친해졌다고 합니다.

위험한 상황에 처한 사람들끼리는 친해지기 쉽다고 합니다.

다른 예를 소개하자면, 해마다 TV 방송의 기획으로 개최되는 <신부 초청 이벤트>가 한 농촌에서 열렸습니다. 심각한 여성부족현상을 겪고 있는 낙도(落島)에 젊은 여성들을 초청해서 현지의 젊은 남성들과 단체로 맞선을 보게 하는 이벤트입니다.

전국 각지에서 몰려온 수많은 여성들이 게임과 파티, 장기자랑 등에 참가하는데, 이 이벤트를 통해 여러 쌍의 커플이 탄생한다고 합니다.

그런데 이벤트가 열릴 예정인 낙도에 갑자기 폭풍우가 몰아쳤습니다. 그렇지 않아도 교통이 불편한 작은 섬인데, 폭풍이 몰아치니 이벤트에 참가하기 위해 낙도로 향하던 여성들은 불안에 떨기 시작했습니다.

배가 심하게 흔들려 모든 사람들이 멀미를 했고, 비에 온몸이 흠뻑 젖어버렸습니다. 가까스로 도착한 이벤트 장소는 정전으로 캄캄했기 때문에 손전등과 촛불만으로 겨우 어둠을 밝힐 수 있었습니다.

이런 최악의 조건 속에서 맞선이 이루어지게 되자 마을사람들과 주최측은 맞선이 상공하기 어려울 것이라고 생각하여 실의에 빠졌습니다.

"이번에는 한 쌍도 연결되기 힘들겠어."

그런데 놀랍게도 지금까지보다 훨씬 많은 커플이 탄생하게 되었습니다. 태풍과 정전이 흔들리는 다리 위에서의 만남과 같은 효과를 가져온 것입니다.

이처럼 우발적인 사고와 사건을 함께 경험한 커플에게는 적교효과가 나타난다고 합니다. 결국 사랑에 빠지기 쉬운 상황이 연출되어 둘은 사랑에 빠지게 된다는 것입니다.

이 현상을 거꾸로 생각해보십시오.

놀이공원의 거대한 미로 속에 들어와 있다고 상상해보세요. 둘이 힘을 합쳐 골인 지점까지 힘들게 찾아가는 일은 두 사람의 관계를 강하게 결속시켜줍니다. 놀이공원의 제트 코스터, 바이킹, 등산, 오리엔티어링(역주 : Orienteering - 스포츠의 일종으로, 산이나 들을 배경으로 지도와 자석을 사용해서 주최자가 제시한 방법으로 지시된 지점을 발견, 통과하여 최대한 짧은 시간에 주파하는 경기. 약칭 OL)도 같은 효과를 줍니다. 함께 어려움을 극복해나가는 운동이나 놀이를 해보면 두 사람은 훨씬 가까워질 것입니다.

두 사람의 모험심을 자극할 수 있는 데이트를 한번 해보시기 바랍니다.

일상생활의 무료함에서 벗어나 함께 등산을 하거나 놀이공원에 가보십시오.

그러면 서로에게 그 동안 느끼지 못했던 새로움을 느낄 것입니다.

22 인사 정도는 하자

부부는 원래 남남인 두 사람이 합쳐진 관계입니다. 그렇기 때문에 자주 싸우게 되고 심할 경우에는 이혼을 하는 경우도 있습니다. 싸우지 않고 항상 아껴주며 살아갈 수는 없을까요? 또 몇십 년 동안 좋은 관계를 유지하며 살아가려면 어떤 노력이 필요할까요?

다음은 어느 중년 부인에게서 들은 이야기입니다. 그녀는 결혼한 지 20여 년이 되었는데, 남편에게 항상 인사를 한다고 합니다.

- 안녕히 주무셨어요?
- 잘 다녀오세요!
- 다녀오셨어요?
- 많이 힘드셨죠?

그녀는 아침, 점심, 저녁 또 잠들기 전에도 항상 인사를 한다고 합니다. 남편에게 인사를 하는 것은 몇십 년 동안 몸에 밴 그녀의 습관이었습니다.

이것은 원만한 부부관계를 유지하는 데 아주 중요한 일이라고 할 수 있습니다.

"전날 밤에 심한 부부싸움을 했어도 다음날 아침에는 웃는 얼굴로 인사하며 기분 좋게 보내드려요."

그녀는 이렇게 말했습니다.

아침까지 화가 안 풀려서 잔뜩 굳어 있는 부인의 얼굴을 보고 출근한 남편은 그날 하루를 기분 좋게 보낼 수 없습니다.

"어제 얘기 말인데요, 당신 어떻게 할 거예요?"

아침부터 전날 다퉜던 일을 다시 꺼내면 남편은 하루 종일 마음이 불편할 것입니다. 그렇게 되면 부하직원에게 엉뚱하게 화풀이를 하게 되고 일을 처리하는 데 실수를 할지도 모릅니다. 기분이 안 좋은 남편은 일이 끝나도 집에 들어가기가 싫을 것입니다.

반대로 한바탕 부부싸움을 치른 뒤에 부인이 밝게 웃어주면 남편 역시 웃어줄 것입니다.

'이상하다. 저 사람이 오늘은 웬일이지? 이거, 이대로 있다가는 내 입장이 곤란해지겠어!'

그러면서 남편은 속으로 반성하게 될 지도 모릅니다.

이런 방법도 있습니다.

"오후부터 비가 온대요. 우산 잊지 말고 가져가세요."

이렇게 상대방을 배려하는 말을 덧붙인다면, 상대방은 마음이 누그러질 것입니다. 날씨와 건강에 대한 이야기는 너무 평범해보이지만, 모두의 공통된 화제이기 때문에 마음을 차분하게 해주는 효과가 있습니다.

이를 계기로 매듭짓지 못한 이야기를 자연스럽게 꺼내면 싸우지 않고도 일을 해결할 수 있습니다.

결혼을 앞둔 커플의 경우도 마찬가지입니다. 사귄 지 오래 되었다고 해서 게을러지지 말고, 밝고 건강한 인사를 웃으면서 해보십시오.

그러면 싸우지 않고 좋은 관계를 유지할 수 있습니다.

일상적인 말이라도 상관없습니다.
인사는 좋은 관계를 유지할 수 있게 하는 가장 좋은 방법입니다.

 ## 자기 생각을 솔직하게 전달하자

우리는 대부분 자신의 생각을 전달하고 표현하는 일에 아주 서투릅니다. 동양인들에 비해 서양인들은 기쁜 일이 있으면 기쁨을 표현하고, 화가 나면 자신의 상황과 기분에 대해 표현합니다. 또한 그들은 자신의 감정을 표현하는 몸동작과 표정도 풍부하고, YES, NO도 분명하게 말합니다.

그러나 우리는 상대방과 나의 의견이 다를 경우, 눈웃음을 짓거나 상대방의 의견에 맞장구를 치는 습관이 있습니다. 이것은 그리 좋은 행동이 아닙니다. 자신의 감정을 솔직하게 말할 줄 아는 사람이 다른 사람으로부터 오해를 받지 않습니다.

'기쁘다, 즐겁다, 슬프다, 속상하다.' 등의 감정표현은 그것을 말하는 사람에 따라 다소 애매하고 이해하기 힘든 특성이 있습니다. 더욱이 부부나 연인 혹은 친구들 사이에서도 하고 싶은 말을 분명하게 하지 못하는 경우가 많습니다. 물론 세상의 모든 사람들이 거리낌없이 자신이 하고 싶은 말만 한다면, 올바른 인간관계는 성립될 수 없을 것입니다. 자신의 감정을 표현하기 전에 타인을 존중하는 마음가짐이 우선 필요합니다.

서로 좋은 관계를 유지하기 위해서는 상대방의 의견을 수용할 수 있어야 하고, 이를 바탕으로 자신이 말하고 싶은 것을 주장하며 서로를 이해할 수 있어야 합니다.

상대방의 의견이나 기분을 이해하고 받아들이는 사람이 있는가 하면, 그냥 참고 견디는 사람이 있습니다. 그러나 무조건 참기만 하는 사람이 한번 싸우게 되면 사건은 더욱 커지게 됩니다.

"그때 사실은 정말 힘들었다구요."

"사실은 정말 마음에 안 들어서 어쩔 수가 없었어."

참기만 하는 사람은 결국 자신의 힘들었던 입장만을 밝히려 합니다.

"뭐? 그럼 그때 그렇게 말해주지 그랬어! 이제 와서 불평하면 나도 곤란하다구!"

이런 식으로 의견이 충돌하면 최악의 경우, 두 사람은 멀어지게 됩니다.

그러나 대부분의 사람들은 참기만 합니다. 하고 싶은 말은 표현하지 않고 오히려 하고 싶지도 않은 말만 해버리지는 않습니까?

이제는 자신의 생각과 느낌을 상대방에게 정확하게 전달할 수 있어야 합니다. 특히 애인이나 친구, 그리고 가족에게 자신의 감정표현이 더욱 필요합니다. 옛날처럼 굳이 말로 표현하지 않아도 '눈을 보면 안다'는 시대가 아니기 때문입니다.

단, 주의해야 할 것은 잘못 말한 말 한마디는 상대방에게 상처를 줄수 있다는 것입니다. 그러므로 자신의 입장을 밝힐 때는 감정적이 되어서는 안 됩니다.

'눈만 봐도 안다'는 시대가 아닙니다.
상대방과 자신의 의견이 다르다면 이야기를 해보십시오.
의견교환은 결코 싸움이 아닙니다.

24 상대방의 좋은 점을 재확인하자

미도리(綠) 씨는 결혼을 앞둔 26세의 경리사원입니다. 그녀는 동료들이 부러워할 만큼 아주 행복해보입니다. 요즘에는 매일같이 "서로 어떻게 알게 됐어?"라는 질문에 대답하느라 정신이 없습니다.

그런데 사람들의 질문 중에서 미도리 씨가 가장 대답하기 곤란했던 질문이 있습니다.

"그 사람의 어떤 점이 가장 마음에 들어?"

미도리 씨는 웃으면서 이렇게 대답했습니다.

"글쎄요. 곰곰이 생각해보니 내가 왜 그 사람을 선택했는지, 그리고 그의 어떤 점이 좋았는지 잘 모르겠어요. 좋은 점보다는 '이럴 땐 이렇게 해줬으면 좋겠다'라든가, '이런 점은 좀 고쳤으면 좋겠다'하는 부분이 더 많아요. 하지만 문득 제자리로 돌아와보면, 벌써 사귄 지 5년이나 되었더라구요. 무엇보다 그와 함께 있으면 마음이 편안해져요."

상대방을 좋아하게 된 이유를 하나하나 열거하는 사람들은 아직 깊이 사랑하는 사이가 아니라고 합니다. 젊은 실업가라서, 키무라 타쿠야 (역주 : 일본의 젊은 여성들이 가장 좋아하는 배우 겸 가수)처럼 잘 생겨서, 만능 스포츠맨에 남자다우니까, 도쿄대 출신이라서 등의 이유를 드는 것은 상대의 조건을 좋아하는 것이지, 그 사람 자체를 좋아하는 것은 아닙니다.

사귄 지 오래 된 커플들은 모두 이렇게 말합니다.

"그이와 함께 있을 때 가장 편해요."

"그녀는 나에게 있어서 물이나 공기와 같은 존재입니다."

그러나 원점으로 다시 돌아가보는 것이 중요합니다. 상대방의 어떤 점이 마음에 들었었는지 다시 한번 생각해보면 애정이 더욱 돈독해질 수 있습니다. 자신이 사랑하는 사람의 어떤 부분이 다른 사람에게서는 찾아볼 수 없는 매력인지, 왜 그와 함께 있으면 가장 편안해지는가를 다시 확인할 수 있는 시간을 가져보십시오. 그렇게 되면 싸우는 일이 생기더라도 그를 이해하고 용서할 수 있게 될 것입니다.

사람이란 오랫동안 함께 지내다보면 말다툼도 하게 되고 심한 의견 충돌에 부딪치기도 합니다. 그렇게 좋아했던 사람이 갑자기 싫어질 수도 있는 것입니다.

하지만 그 사람에게는 남들에게서 볼 수 없는 매력이 있기 때문에 당신은 그 사람을 사랑하게 된 것입니다. 그러니 서로 마음에 들지 않는 부분이 있으면 조금씩 고쳐나가는 것이 필요합니다.

그러기 위해서는 우선 자신이 상대방에게 둘도 없는 소중한 사람이

되어야 합니다. 무조건 상대방에게 요구하려고만 하지 말고, 상대방의
요구를 들어주는 사람이 되어 보십시오.

그 사람만의 매력에 당신은 끌린 것입니다.
힘들고 지칠 때, 혹은 그와(그녀와) 싸웠을 때 당신이 사랑하는 사람의
좋은 점을 한번 생각해보십시오.
그러면 당신은 더 깊이 그를 사랑하게 될 것입니다.

25 자신감을 갖자

무츠미(睦美) 씨는 적극적으로 자신을 표현하지 못하고 항상 남의 의견에 따라가기만 합니다. 상대방이 자신을 어떻게 생각하고 있을지 지나치게 의식하기 때문입니다.

그녀는 현재 사귀고 있는 남자친구가 있는데도 다음과 같이 생각하고 있습니다.

"분명히 나보다 더 잘 어울리는 사람이 있을 거야. 나보다 좋은 여자들이 얼마나 많은데……."

무츠미 씨는 이렇게 항상 자신 없어 합니다. 그녀의 이런 부정적인 사고방식 때문에 무츠미 씨의 마음과 표정은 늘 어둡습니다.

이런 상태로는 될 일도 잘 안 될 것입니다.

무츠미 씨는 저의 상담실로 찾아와서 이렇게 말했습니다.

"아무리 노력해도 자신감이 안 생겨요. 그 사람의 회사에는 예쁘고, 성격도 활발하고, 능력 있는 여자들이 많을텐데, 저같이 평범한 사람한

테는 금방 싫증나지 않을까 하는 생각이 들어요.”

처음에는 그녀가 잡지에 실린 연애특집 기사나 상담코너를 너무 많이 읽었을지도 모른다는 생각이 들었습니다. <인기 있는 여성 · 인기 없는 여성>과 같은 코너 말이에요. 너무 지나치게 남을 의식하고 또 자신에 대해 너무 자신 없어 했기 때문이었습니다.

저는 그녀에게 이런 말을 해주었습니다.

“매력이란 이 세상의 사람 머릿수만큼 다양합니다.”

자신을 비하하는 것은 아주 좋지 않은 버릇입니다.

당신은 혹시 다음과 같은 말을 습관적으로 하고 있지는 않습니까?

“난 구제불능이야.”

이런 말은 상대방을 질리게 합니다. 이렇게 자신감 없는 사람보다는 항상 자신감을 갖고 자기 분야에서 열심히 생활하는 사람이 더 매력적입니다.

이 세상에 남자와 여자는 아주 많습니다. 그 많은 사람들 중에 자신을 선택한 사실이 믿어지지 않아 사람들은 간혹 상대방을 의심하기도 합니다. 그러나 그런 때일수록 ‘의심하는 힘’을 ‘믿는 힘’으로 바꿔보시기 바랍니다.

또 반대로 다음과 같이 생각해보는 것도 좋습니다.

“이렇게 괜찮은 여자와 사귀게 되다니, 난 정말 세상에서 가장 행복한 사람이야.”

중요한 것은 사람들 각자가 원하는 이상형이 다르다는 사실입니다.

모든 사람이 명랑하고 적극적인 사람을 찾고 있는 것도 아니고, 모든 사람이 운동을 좋아하는 여성을 원하는 것도 아닙니다.

서로의 성격과 특성을 비교해보고 잘 맞는 부분이나 자신에게 좋은 영향을 줄 수 있다고 생각되는 부분을 확실하게 감지하는 것이 좋습니다.

그러니 자신의 어떤 점이 상대방과 잘 맞는지에 대해 생각해보십시오. 분명 다른 사람에게는 없는 당신만의 매력이 있을 것입니다.

자신감을 가지시기 바랍니다.

 당신이 늘 자신 없어 한다면, 상대방은 당신을 떠나고 말 것입니다.

26 홀로 서자

2인 3각 경기를 알고 계시죠?

두 명이 보조를 맞춰서 달리는 경기입니다. 이 경기는 상대방에게 모든 걸 맡긴 상태에서는 절대 달릴 수 없습니다. 혼자서도 확실하게 설 수 있어야 두 사람이 함께 호흡을 맞춰 달릴 수 있습니다. 이런 커플이 이상적인 커플입니다.

"그 사람, 요즘 너무 바빠서 만날 수 없어요."

아츠코(敦子) 씨는 고민에 빠졌습니다.

연애는 생활 전반에 영향을 미칠 정도로 엄청난 것이지만, 사람에 따라서는 생활의 일부에 지나지 않는다고 생각하는 경우도 있습니다. 이런 사람들에게는 일이나 친구가 우선입니다. 이런 경우에는 생각하지 못한 오해가 생기기도 합니다.

아츠코 씨 커플도 계속 이런 상태로 가면 결국 헤어지게 될지도 모릅니다. 이럴 때 연애를 오래 지속시킬 수 있는 방법은 혼자 있는 시간을 즐기는 것입니다.

"왜 만나주지 않는 거야?"

이렇게 불평을 하면 상대방은 점점 달아나고 싶어집니다. 그러니 상대방의 사정을 먼저 생각해주는 것이 좋습니다.

연애의 기본은 기다리는 것이라고도 할 수 있습니다. 특히 밖에서 아주 활동적으로 일하는 타입의 사람은 구속받는 것을 싫어합니다. 그러므로 잠시 동안 만날 수 없게 되더라도 어디에서 무엇을 했는지 지나치게 따지려들지 말고 상대방을 믿어주는 것이 중요합니다.

연인 사이에도 여러 가지 유형이 있습니다. 상대를 서로 구속하지 않는다는 전제하에 사귀는 커플이 있는데, 이들은 각자의 사생활은 존중되어야 한다고 생각합니다. 또 이들은 상대방의 친구관계나 일의 영역, 집 안 사정 등에 함부로 침범해서는 안 된다고 생각하여 서로 방해하지 않습니다.

사람이라면 누구나 자신만의 공간이 있습니다. 아무리 사랑하는 사이라도 혼자만의 공간에까지 침범해서는 안 됩니다. 혼자만의 공간은 존중되어야 하고, 방해해서는 안 됩니다.

사랑하는 사람을 자주 못 만난다면 자신만의 시간을 가져보십시오. 사랑하는 사람에게만 집착하는 것은 좋지 못한 일입니다. 혼자만의 생활도 할 수 있어야 멋진 연애도 할 수 있습니다.

혼자의 시간을 즐기는 방법에는 여러 가지가 있습니다. 사랑하는 사람을 만나는 동안 못 했던 일들을 하는 것도 좋고, 여자친구들과 함께 놀러가는 것도 괜찮습니다. 또 자신의 취미생활을 하는 것도 좋습니다. 모처럼 가족들과의 시간을 가져보는 것도 좋습니다.

홀로 살 수 있을 때, 연애도 멋지게 할 수 있는 것입니다. 너무 연애에만 매달려 자신만의 생활을 하지 못한다면 당신은 언젠가는 후회할지도 모릅니다.

이렇게 혼자 있을 때 시간을 효과적으로 보내는 방법은 애인과 함께 있을 때에도 반드시 많은 도움이 될 것입니다.

하나가 된다는 의미는 어느 한쪽이 어느 한쪽에게 일방적으로 기대거나 의지한다는 것이 아닙니다.
완전히 홀로 설 수 있는 개인과 개인이 만났을 때, 그 배는 흔들리지 않고 앞으로 나갈 수 있습니다.

27 이미지 변신을 해보자

누구나 자신이 좋아하는 패션과 좋아하는 메이크업의 색상, 그리고 좋아하는 헤어스타일이 있습니다. 그리고 대부분의 사람들은 자신에게 어울리는 스타일을 잘 알고 있습니다.

"늘 하던 대로 해주세요."

미용실에 가서 이렇게 말하고 잡지 읽기에 몰두해버리는 행동은 별로 좋지 않습니다. 또 해마다 같은 계통의 정장을 반복해서 구입하는 것도 좋지 않습니다.

당신이 만약 그렇다면, 이번에는 평소 입지 않던 색다른 옷을 입어보는 것은 어떨까요? 헤어스타일도 과감하게 바꿔보세요. 그래서 자신의 새로운 매력을 찾아보시기 바랍니다.

히로시(淳) 씨는 여자친구와 볼링장에 가기로 했습니다. 늘 영화를 보거나 식사를 함께 하는 게 데이트의 전부였기 때문에, 이번에는 분위기를 좀 바꿔보고 싶었습니다. 가끔은 몸을 움직여보는 것도 괜찮을 것 같다는 생각 때문이었습니다.

히로시 씨의 여자친구는 미니스커트에 앵클레트 삭(역주 : Anklet sock - 발목까지 오는 짧은 양말) 차림으로 약속 장소에 나타났습니다. 그녀는 어깨까지 길게 늘어뜨렸던 머리도 깔끔하게 하나로 묶었습니다.

지금까지 그녀의 긴 스커트와 바지 차림만 보아왔던 히로시 씨는 그녀의 과감한 이미지 변신에 깜짝 놀랐습니다. 늘 평범하고 소극적이던 이미지에서 활동적인 모습을 보여준 그녀에게 그는 새로운 매력을 느꼈던 것입니다.

이처럼 헤어스타일과 옷차림을 바꿔보는 것은 애인뿐만 아니라 자신에게도 좋은 자극이 됩니다. 이것은 사귄 지 오래 되어서 처음 만났을 때와 같은 두근거림을 거의 못 느끼는 커플에게 특히 효과적입니다.

이와 같은 이미지 변신은 결과적으로 자신의 매력을 찾을 수 있는 기회를 제공합니다. 표정도 밝아지고 자신감도 생깁니다. 결국 자신에게 사람들이 몰려들게 되고 좋은 기회도 찾아옵니다. 늘 단조로운 생활 패턴으로 타성에 젖어 지내면 뇌세포도 퇴화할 뿐 아니라 함께 있는 상대도 질리게 됩니다.

이는 패션이나 헤어스타일에만 국한된 것이 아닙니다. 히로시 씨처럼 데이트 장소를 바꿔보는 것도 좋은 방법입니다. 일상생활에서도 출퇴근 길이 단조롭다고 느껴지면 평상시와는 다른 길을 이용해보시기 바랍니다. 일종의 모험이라고 할 수 있으니까요.

"저의 매력은 정말 무궁무진해요. 아직 보여주지 않은 부분도 많다구요."

자신 있게 말할 수 있도록 다양한 분위기의 자신을 연출해보시기 바랍니다.

 무료하고 따분할 때는 이미지 변신을 해보십시오.
한결 기분이 좋아질 것입니다.

28 사랑을 하면 누구에게나 친절해진다

'사랑을 하면 누구에게나 친절해진다'라는 말이 있습니다.

저는 연애를 하면 뇌에서 좋은 호르몬이 분비되어 몸과 마음을 충만함으로 가득 채워준다고 믿고 있습니다. 실제로 연애를 하면 가슴이 두근거리고 매일 매일이 즐거워지며, 이상하게도 체력까지 튼튼해지는 느낌이 듭니다.

연애를 하면 긍정적이고 적극적인 생각을 갖게 됩니다. 그러므로 더이상 작은 일에 연연하거나 다른 사람들의 단점을 찾아내는 습관은 버리는 것이 좋습니다.

자신에게 호의를 갖고 있는 사람이나 이익을 가져다주는 사람에게만 사랑의 감정을 느껴는 것은 아닙니다. 어느 직장에서나 까다로운 상사, 마음이 안 맞는 동료, 라이벌은 있습니다. 그러나 그들에게 애정과 관심을 가져보십시오.

가령, 라이벌 상대가 자신보다 먼저 성공을 하더라도 다음과 같이 말해보십시오.

"축하해, 정말 잘 됐어."

함께 기뻐해줄 수 있는 넓은 마음이 필요합니다. 까다로운 상사나 상대하기 귀찮은 동료에게도 친절하게 대해주는 것이 좋습니다. 그리고 상대방이 곤란한 상황에 처했을 때는 도움을 아끼지 않는 것이 중요합니다.

사랑을 하면 누구에게나 친절해진다는 말처럼 친절을 베풀어보십시오.

사랑을 하면 마음이 부자가 된다고 합니다.
주위 사람들에게 당신의 그런 마음을 나누어준다면 당신의 사랑은 더욱 아름다워질 것입니다.

 ## 고난은 사랑을 더욱 성숙하게 한다

어느 연인에게나 어려움과 고난은 찾아오게 마련입니다. 아무런 문제도 없이 순조롭게 진행되는 커플은 거의 찾아보기 힘듭니다.

예를 들어 부모님이 반대하는 경우도 있고, 업무관계로 지방 근무를 하게 되었을 경우도 있습니다.

그러나 이런 어려움으로 두 사람은 서로를 더 사랑하게 되고 더 믿고 의지하게 됩니다. 이른바 로미오와 줄리엣의 효과입니다. 이는 어려운 일을 겪으면 겪을수록 두 사람 사이의 결속력이 강해지는 것은 물론 개인의 의지도 강해진다는 것을 의미합니다.

따라서 어려운 문제에 직면했을 때는 두 사람 사이가 더욱 좋아질 수 있는 기회라고 생각해보십시오.

에미코(惠美子) 씨는 일 년에 한 번씩은 꼭 해외에 나갑니다. 그러다 그녀는 오스트레일리아에서 운명의 남자를 만나게 되었습니다. 서로를 사랑하게 된 그들은 귀국 후에도 편지나 전화를 통해 연락을 주고받으며 사랑을 키워갔습니다.

그 후에도 몇 차례 오스트레일리아에 갔던 에미코 씨는 그와의 결혼을 생각하게 되었습니다. 그러나 남자 쪽에서 현지를 떠날 수 없다는 고백을 해왔습니다. 그렇다면 에미코 씨가 일본을 떠나 그곳으로 이민을 갈 수밖에 없습니다. 그러나 그녀의 부모님은 외국에서 사는 것을 허락해주지 않았습니다. 그와도 몇 번인가 만나서 함께 이야기를 해보았지만, 별다른 해결책이 없었습니다. 결국 두 사람의 결혼은 무리일지도 모른다는 결론에 부딪치게 되었습니다. 그러나 상황이 어려워지면 어려워질수록 서로를 사랑하는 마음은 점점 더 강해졌습니다.

그러던 어느 날, 에미코 씨의 회사동료가 오스트레일리아 유학에 관한 팜플렛을 가져와서 그녀에게 보여주었습니다. 그리고 에미코 씨는 곧 이런 결정을 내리게 되었습니다.

'급하게 결혼할 필요는 없어 어학연수라면 부모님도 반드시 허락해주실 거야. 우선 가서 생활해보자. 결혼은 그 다음에 생각해도 늦지 않으니까.'

부모님은 "공부를 하기 위해서라면 가도 좋다."라며 허락을 해주셨습니다.

"그이와 함께 있을 수 있게 된 것만으로도 정말 기뻐."

에미코 씨는 많이 기뻤고, 영어공부를 통해서 그와도 좀더 자연스러운 대화를 할 수 있게 되었습니다.

"그를 사랑하게 된 건 정말 행운이에요. 많이 힘들긴 했지만 앞으로 훨씬 더 성숙해질 수 있을 것 같아요.”

밝게 웃는 그녀의 모습이 아름다웠습니다.

고난은 사랑을 성숙하게 만들어준다는 것을 잘 보여준 예였습니다.

지금 당신 앞에 어려움이 있다면, 그것은 당신의 사랑을 더욱 단단하게 만들기 위한 것입니다.

그러니 너무 힘들어하지 말고 밝고 건강하게 생활하십시오.

30 질투심은 몸을 해친다

연인 사이에서 어느 정도의 질투심은 필요합니다. 그러나 질투가 심해지면 자주 싸우게 되고 결국에는 헤어지는 수도 있습니다.

질투하고 있는 사람은 물론, 질투의 대상이 되는 사람도 시간이 흐르면 몹시 지쳐버립니다. 원래 질투나 시기심은 사람의 정열을 떨어뜨리는 부정적인 감정입니다.

사람은 왜 질투를 하는 것일까요? 그건 자신감이 없기 때문입니다. 또한 두 사람 사이가 별로 좋지 않은 상태라는 증거이기도 합니다.

다음은 머피 박사의 말입니다.

"분노와 증오는 마음의 독입니다. 그 독에 감염되어 괴로워하는 것은 결국 당신 자신입니다."

"질투심이 강한 사람은 그 자체만으로도 병을 만들고 있다고 할 수 있습니다. 타인과 자신을 비교해서 늘 불만과 열등감에 사로잡혀 지내기 때문입니다."

질투가 심해지면 인간은 정상적인 정신상태에 머무를 수 없게 됩니다. 질투가 생기면 평소에는 차분한 사람도 사소한 일에 히스테리를 일으키게 되고, 때로는 난폭해지기도 합니다.

또 마음속 깊이 의심이나 원한과 같은 독(毒)의 감정을 품고 있으면 몸까지 병에 걸리고 맙니다. 그러므로 만약 질투심이 고개를 들기 시작하면 우선 자기 자신을 믿어보시기 바랍니다. 자신을 소중하게 여길 수 있는 사람, 자신을 사랑할 수 있는 사람이야말로 상대방을 행복하게 해줄 수 있기 때문입니다.

"저 사람 혹시 바람 피우는 거 아닐까?"

이런 의심이 생기면 몸과 마음을 건강한 정신에 집중시키십시오. 그리고 기분전환을 해보시기 바랍니다.

예를 들어 베란다의 화초를 가꾸어본다거나 쇼핑을 하러가는 것도 좋겠습니다. 새로운 요리에 도전해보는 건 어떨까요? 코미디 영화를 보러가서 마음껏 웃어보기도 하고, 만화나 그림책을 보거나 화장법을 바꿔보는 것도 좋습니다. 컴퓨터 오락이나 게임을 해보는 것도 좋은 방법입니다.

지금까지와는 전혀 다른 취미와 일을 즐기는 동안 좋은 힐링효과가 나타나게 되고, 결국 정답을 발견하게 될 것입니다.

'최근 여러 가지로 일이 계속 꼬이다보니 모든 걸 괜히 그 사람 탓으로 돌렸던 것 같아. 그렇게 무조건 몰아세우기만 하니까 내가 싫어진 것도 당연하지. 앞으로는 그러지 말아야지.'

질투나 증오와 같은 부정적인 감정이 싹트기 시작했다면 위험신호라고 생각하고 몸과 마음에 약간의 휴식을 주시기 바랍니다.

"남을 질투하고 미워하는 것은 자신을 질투하고 미워하는 것과 같습니다. 결국엔 돌고 돌아서 자신에게 돌아오기 때문입니다."
머피 박사의 말입니다.

 여러 명의 이성을 만나보자

늘 애인만 생각하고 있으면 별것 아닌 것에도 심각한 고민에 빠지기 쉽습니다. 그러다가 혼자 있게 되면 지금 그가 어디서 무엇을 하고 있는지 신경이 쓰여서 다른 일이 손에 잡히지 않습니다.

이런 사람들은 여러 이성을 만나보는 것이 좋습니다. 애인은 단 한사람이라도 부담 없는 남자친구나 동성친구들은 많은 것이 좋습니다. 또 업무상 알게 된 사람과도 어느 정도 좋은 관계를 유지하는 것이 좋습니다.

여러 명의 이성을 만나 이야기를 하거나 식사를 하면서 마음을 환기시켜보십시오. 물론 지나친 행동은 하지 않도록 주의해야 합니다.

사토미(總美) 씨는 프리랜서 칼라 테라피스트입니다. 회사에 다니면서 칼라 코디네이트를 공부한 후, 얼마 전 프리 선언을 했습니다.

혼자서 일을 해나가는 데 무엇보다 중요한 것은 인맥을 만드는 것입니다. 여러 곳을 다니며 자신의 능력을 어필하고 새로운 관계를 만들어야만 합니다.

매일 영업을 뛰고, 때로는 모임에도 참가하며, 가끔 술자리에도 나갑니다. 일이 갑자기 바빠져 그녀는 예전처럼 자주 데이트를 할 수 없게 되었습니다.

회사에 다닐 때는 늘 같은 직장동료들과 상사들에게 둘러싸여 지냈고, 회사 밖에서 만나는 사람들은 대부분 학교친구들과 남자친구였습니다. 그런데 요즘은 매일 많은 사람들을 만나고 있습니다.

"하지만 그 사람과는 요즘 더 잘 되어 가고 있어요."

그녀는 그 사람 생각만 하며 지내던 때와 비교해보면 여러 명의 남자들을 접하게 된 지금이 더 좋다고 합니다. 또 이제는 남자친구를 좀더 객관적이고 이성적인 시각으로 바라볼 수 있게 되었습니다. 자신도 한층 성숙된 모습으로 그의 입장을 이해하고 받아들일 수 있게 되었다고 하니 사이가 더 좋아질 수밖에 없겠지요?

영업을 하다보면 멋진 남성들을 만나게 됩니다. 물론 선을 분명히 그은 상태에서 대하는 것이므로 연애감정과는 다릅니다. 대부분 상대방의 인간성에 호감을 갖는 것이 전부입니다. 사람에게 호감을 갖는 것은 긍정적인 감정이므로 심신의 건강에도 아주 좋습니다.

사토미 씨도 밝은 목소리로 말했습니다.

"사랑에 빠지면 그 사람만 보게 되는 경우가 많은데, 그럼 상대방도 스트레스를 받을 수밖에 없어요. 지금은 연애도 생활의 일부라고 생각해요. 그래서 좀더 편안한 기분으로 연애를 즐겼으면 하는 생각이 들어요. 그 사람도 그걸 더 좋아하는 것 같구요. 조금만 늦게 들어오면 전화를 걸어서, '어디에서 뭐 했어? 왜 연락 안 했어?'하고 무조건 다그치던 버릇도 없어졌어요."

한 사람에게 너무 집착하는 것보다 여러 명의 이성을 만나보는 것이 좋습니다. 그래야 시야도 넓어지고 당신의 생활도 넓어집니다.

연애는 생활의 전부가 아닙니다. 연애는 생활의 일부입니다.
연애에 너무 집착하여 자신의 생활을 하지 못한다면, 언젠가 당신은 후회를 할지도 모릅니다.

32 사랑은 나를 성숙시킨다

쿄오코(恭子) 씨는 남자친구가 생긴 다음부터 주위 사람들에게 이런 말을 듣게 되었습니다.

"요즘 많이 변했어. 정말 예뻐졌어."

물론 연애를 하는 여성은 아름답습니다. 뇌에서 좋은 호르몬이 나오기 때문에 표정은 물론 마음가짐도 적극적이고 명랑해지며 다른 사람들에게도 친절해집니다.

하지만 그것이 전부는 아닙니다. 사랑의 방법에도 주의해볼 필요가 있습니다.

쿄오코 씨의 남자친구는 지금까지 아무도 말해주지 않았던 자신의 성격과 버릇, 사고방식에 대해 스스럼없이 지적해주고는 합니다. 이런 사람은 소중히 여기는 것이 좋습니다.

또한 서로가 지적해주는 점을 솔직하게 받아들이는 것이 무엇보다 중요합니다. 상대방이 지적을 했다고 해서 쓸데없이 고집을 부리거나 토라지며 끝까지 수용하지 않으려고 하면 두 사람의 관계는 점점 더 멀어지기만 할 뿐입니다.

물론 사랑을 하게 되면 평소에는 숨어 있던, 자기도 모르는 자신과 만나게 됩니다.

"어머, 내가 이렇게 심한 응석꾸러기였어?"

"사실 누군가에게 기대고 싶어 견딜 수가 없었어."

발견이라는 것은 인간을 성숙하게 합니다. 여러 가지 반성을 통해 자신을 돌아보고, 개성을 살리며, 더욱 성숙해지시기 바랍니다.

 상대방의 단점과 잘못된 점을 지적해주는 사람이 상대방을 위하는 사람입니다.

제2장

사랑 받는 사람이 되려면

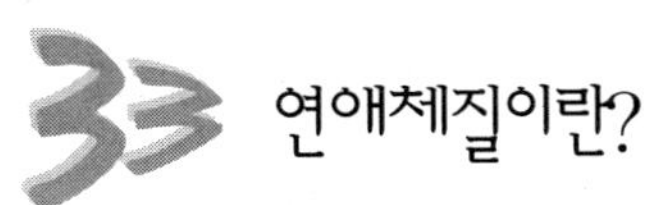 연애체질이란?

가장 이상적인 결혼에 대한 의견을 물어보면 이런 대답이 가장 많습니다.

"몇년이 지나도 연인(신혼)처럼 서로 사랑하며 지낼 수 있는 관계가 아닐까 합니다."

이미 결혼한 두 사람, 혹은 오래 전부터 사귀어온 커플에게 상대방은 공기나 물과 같이 없어서는 안 되는 존재입니다. 때문에 상대방에 대한 고마움과 사랑을 잊고 생활할 때가 많습니다. 늘 그 자리에 있는 것을 당연하게 여기기 때문입니다.

그러나 어떤 부부는 결혼한 지 10년이나 되었는데도 연인처럼 사이가 좋습니다. 왜 그럴까요?

물론 아이가 태어나면 현실적으로 더 이상 두 사람만의 생활은 할 수 없게 됩니다. 그러나 두 사람은 여전히 함께 있으며 서로를 계속

아낌없이 사랑하고 있습니다.

이런 경우도 있습니다.

결혼한 지 1년밖에 안 되었는데, 신혼 분위기는 전혀 찾아볼 수 없습니다. 아이가 태어난 후로는 부부간의 대화도 눈에 띄게 줄었습니다. 또 부인은 아이가 자라자 남편의 험담을 늘어놓기 시작했습니다.

"아이 아빠요? 어휴, 이젠 함께 산다는 게 지긋지긋해요. 세탁은 물론이고 우린 식사도 따로 해요. 일요일엔 집에서 뒹굴기만 하고, 정말 방해만 된다니까요. 차라리 집에 없는 게 절 도와주는 거예요."

완전히 가정 내의 별거상태가 되어 버린 경우입니다. 이혼을 하면 지금보다 마음 편하게 살 수 있을 것 같은데, 이혼도 하지 않습니다. 함께 있어서 고통만 느낀다면 더 이상 연인도, 부부도 아닙니다.

'언제까지나 남편이나 부인을 변함 없이 사랑한다'

이것은 아주 대단한 일이며, 이렇게 되어야 합니다. 저는 이것을 실천할 수 있는 사람을 연애체질이라고 부릅니다. 한 사람에게 변함 없는 사랑을 꾸준히 느낄 수 있는 사람도 연애체질이지만, 나이에 상관 없이 '사랑을 하고 있는 사람'도 연애체질의 주인공이라 할 수 있습니다.

즉 나이가 들어서 항상 적극적으로 이성을 의식하고 여러 사랑을 경험하는 사람도 있습니다.

'벌써 서른 다섯인데, 무슨 사랑을 할 수 있겠어!'

이런 식의 생각은 버리시기 바랍니다. 물론 아직까지 운명의 사람을 못 만났다고 해도 걱정하실 필요는 없습니다. 오십 살이 넘어서 운명의 사람을 만나게 될지도 모르기 때문입니다.

"나는 아직 혼자니까 마음에 드는 사람을 얼마든지 선택할 수 있어. 앞으로 좋은 사람이 나타날 거야."

자신감을 가지시기 바랍니다. 또 멋진 사랑을 하겠다는 용기도 잃지 않도록 하십시오.

운명의 사람을 만난 사람이든 그렇지 않은 사람이든 평생 연애체질로 살아갈 필요가 있습니다.

방심은 타성에 젖는 지름길이라는 걸 잊지 마시기 바랍니다.

34 능숙한 언어 구사력을 갖추자

여성들은 남성들보다 E-메일을 많이 보내고, 다이어리를 많이 사용합니다. 또 일기를 많이 쓰는데, 이것은 글을 쓰는 여성들이 많다는 증거입니다.

현대의 젊은이들은 남을 따라하는 것을 싫어해서 자신만의 언어, 자신만의 표현을 고집합니다. 물론 처음에는 모두 모방에서 시작되지만 자신만의 언어로 글을 쓰겠다는 의지에는 변함이 없습니다. 여기에서 문제되는 것이 언어실력입니다.

"문법이나 어휘가 뭐 그렇게 중요해? 나만의 독창적인 표현인데."

물론 표현하는 데 있어서 문법이나 어휘가 중요하지 않을 수도 있습니다. 자유롭게 표현하는 것이 좋으니까요. 하지만 그것보다 '능력'이라는 문제에 집중해야 합니다. 한시나 한문에 관한 소양을 운운하려는 것이 아닙니다.

표현의 문제입니다. 자신이 표현하고자 하는 것을 얼마나 효과적으로 상대방에게 전달할 수 있느냐가 문제인 것입니다.

당신의 언어실력은 어느 정도입니까?

재치 있고 익살스러운 표현을 익혀보도록 하세요. 야담(野談)이나 통속적이고 예스러운 말투를 사용한다면 의외의 효과가 나타날 것입니다.

아는 사람 중에 28살의 청년이 있는데, 한번은 절도 있고 세련된 문장으로 누군가에게 편지를 보냈다고 합니다. 편지를 받은 사람은 그가 사회적으로 높은 지위에 있거나 식견 있는 사람일 거라고 생각하고는 아주 정중한 답장을 보내왔다고 합니다.

정성스럽고 단정한 글은 상대를 압도할 수 있습니다. 그러나 일부러 꾸민 듯한 글은 상대방을 불쾌하게 할 수 있으므로 주의해야 합니다.

이야기를 할 때 사용하는 단어도 마찬가지입니다. 사람을 처음 만났을 때 상대방의 얼굴이나 스타일을 보면 그 사람의 성격을 어느 정도는 파악할 수 있습니다. 그러나 중요한 것은 그 후에 이어지는 대화입니다. 아무리 아름답고 매력적인 여성이라도 사용하는 단어가 곱지 못할 경우에는 상대방은 실망하고 맙니다.

남성의 경우도 마찬가지입니다. 실례되는 발언을 했을 경우에는 상대에게 좋은 인상을 주기는커녕 사업상의 거래도 불가능하게 됩니다.

"외모도 괜찮은데, 이야기를 해보니까 느낌이 더 정말 좋은데?"

이런 인상을 줄 수 있다면, 당신의 인기는 급상승하게 됩니다.

제일 좋은 방법은 국어공부를 하는 것입니다. 국어사전을 책상에 꽂

아놓고 시간이 날 때마다 천천히 읽어보도록 하세요. 국어사전에 얼마나 아름다운 표현들이 많은지 알게 될 것입니다.

제 생각을 말씀드리면, 사랑을 한다는 것은 말로 표현할 수 없을 만큼의 각별한 감정을 마음속에 품고 있는 것입니다. 그리고 그 마음을 정성껏 표현해서 상대방에게 전달하는 것이 사랑에 빠진 사람들입니다. 그래서 사랑을 하는 사람은 시인이 될 수밖에 없습니다.

어쨌든 상대방의 마음을 사로잡을 수 있는 언어 구사력을 갖추고 있으면 개인적으로나 업무적으로 큰 도움이 될 것입니다. 지적이고 매력적인 언변을 갖춘 여성은 많은 사람들로부터 큰 호감을 얻게 되고, 그렇게 되면 보다 많은 사람들로부터 프로포즈를 받을 것입니다.

언제 어떤 사람과 사랑에 빠지게 될지 모릅니다. 그때를 위해서 아름다운 우리말을 공부하시기 바랍니다.

"인간관계가 원만한 사람은 적절한 단어사용법을 알고 있습니다. 단어는 잘 선택해서 사용해야 합니다. 단어의 선택 하나로 인간관계가 180도 달라질 수도 있습니다."
머피 박사의 말입니다.

35 원 패턴 생활을 피하자

우리는 매일 같은 일들을 반복하면서 살아가고 있습니다. 이런 생활을 가리켜 흔히 '원 패턴 생활'이라고 합니다. 같은 시간에 일어나서, 같은 시간에 집을 나서고, 늘 같은 곳에서 같은 지하철을 타고 출근한 뒤 정해진 업무를 합니다.

"아무리 그래도 벌써 수년째 생활해온 건데 어쩔 수 없잖아요. 쉽게 바꿀 수 있는 것도 아니고."

이렇게 푸념 섞인 변명을 늘어놓는 사람들이 많습니다. 그러나 원 패턴 생활은 당신의 뇌와 마음을 퇴화시켜 버립니다. 게다가 이런 생활에서는 사랑도 멀어지게 됩니다.

단조로운 이런 생활에 변화를 주는 것이 필요합니다. 작은 변화가 생활에 좋은 자극이 될 것입니다.

예를 들어 평소보다 일찍 일어나서 한 번도 본 적이 없는 TV 프로그램을 보는 겁니다. 평소에 라디오를 잘 듣지 않는 사람은 라디오를 한번 켜보십시오. 지금까지 입어본 적이 없는 스타일의 옷을 입어보는 것도 좋습니다. 늘 집에서 먹던 아침을 카페에서 먹어보십시오.

이런 식으로 생활패턴을 조금씩 바꿔보시기 바랍니다. 신선함을 느낄 수 있을 것입니다. 지하철역까지의 출근길도 다른 방법으로 바꿔보십시오. 교통수단에도 변화를 주는 것이 좋습니다.

이처럼 항상 '바꾸자'라는 생각을 가져야 합니다. 이러한 생각들이 인간의 성장을 촉진시킵니다. 변화를 포기하고 같은 상태를 계속 유지하기만 한다면 발전이란 절대 있을 수 없습니다.

이사를 하는 것도 환경을 변화시키는 방법 중의 하나입니다. 그럴 여유가 없는 사람은 방의 배치를 과감히 바꿔보는 것이 좋습니다. 자신의 마음에 드는 인테리어로 집 안을 꾸며보십시오. 기분이 한결 좋아질 것입니다.

다음은 업무상의 변화입니다. 지금까지 어느 정도의 경력을 쌓은 사람은 승진을 위해 새로운 구상을 모색해보십시오. 같은 일을 늘 똑같은 식으로 처리해나가면 인생을 무의미하게 보내게 됩니다. 때로는 다른 부서의 업무에도 관심을 가져보세요. 자신의 능력을 여러모로 개발시킬 수 있는 좋은 기회가 될 수도 있습니다.

끊임없이 자극과 변화를 추구하며 활동적으로 살아가는 사람은 사랑을 하지 않더라도 연애체질 상태로 지낼 수 있습니다. 그런 눈부신 모습이 이성의 시선을 끄는 것은 당연하다고 할 수 있습니다.

3년 이상 매일 반복되는 생활이라면 어떤 식으로든 변화를 시도해보시기 바랍니다.

단조로운 생활은 사람을 무기력하게 만듭니다. 무기력한 사람은 멋진 연애를 할 수 없을 뿐더러 활기차게 살아갈 수도 없습니다. 이런 생활에는 과감한 변화가 필요합니다.

 변화가 없다면 삶은 재미가 없을 것입니다.

36 만남을 즐기자

어떤 여성들은 겉으로 보기에는 적극적이고 남다른 능력을 갖고 있는 것 같지만 의외로 폐쇄적인 면이 많습니다.

회사에서는 업무 이외의 이야기는 전혀 하지 않는 사람도 있고, 근무시간이 끝나면 서둘러 퇴근해버리는 사람도 있습니다. 이들은 자신의 취미생활에 열중입니다. 그래서 회식자리나 모임에는 불참을 하는 경우가 많습니다.

이런 사람은 아무래도 주위 사람들이 싫어하게 마련입니다. 마음을 열려고 하지 않기 때문이기도 하지만 자신의 생각을 고집하는 경향이 있어서 사람들을 만나는 일을 시간낭비라고 생각합니다.

그러나 실제로 이런 사람들 중에는 사람들과의 만남이나 접촉을 원하고 있는 사람도 많습니다. 어쩌면 그들은 그런 감정을 위장하기 위해 스스로 마음을 닫는 것인지도 모릅니다.

인간관계는 부담 없는 편안한 상태에서 잘 이루어집니다. 이러한 여성들은 진심으로 신뢰할 수 있는 사람이 아니면 마음의 문을 열지 않습니다.

만남이 없는 곳에서 사랑이 피어날 수는 없습니다. 그렇다고 사람 만나는 것을 싫어하고 귀찮아하는 사람에게 무리하게 만남을 주선해서는 안 됩니다. '사람을 만나는 것은 즐거운 일이다.'라는 생각을 심어주어야 합니다. 그러기 위해서는 먼저 어떤 동기를 만들어야 합니다.

즉 '나를 변화시키고 싶다!'라는 마음을 불러일으켜 주어야 합니다. '사람들을 만나는 것은 재미있다'는 생각으로 인간관계에 흥미를 가져 보시기 바랍니다. 이를 위해서는 무엇보다도 사람을 싫어해서는 안 됩니다.

모든 사람에게는 각자 자신만의 세계가 존재하고 있으며, 거기에는 많은 생각과 느낌, 자신만의 습관과 스타일이 저장되어 있습니다. 그러므로 다른 사람의 이야기를 듣는 것은 그 모든 정보를 당신의 것으로 만드는 작업입니다.

자신을 계발할 수 있는 가장 빠르고 확실한 방법은 다른 사람의 이야기를 듣고, 그것을 자양분으로 삼는 것입니다.

또한 인간은 타인을 통해 자신을 발견하는 존재입니다. 자신이 어떤 존재인가를 결정해주는 것이 바로 타인이기 때문입니다.

타인은 이처럼 아주 흥미로운 존재입니다. 사람들과의 만남이야말로 가장 뜻있는 모험입니다. 흥미진진한 만남을 즐기시기 바랍니다.

사람은 혼자 살아갈 수 없습니다. 비록 사람들에게 상처를 받고 그

상처로 아플지라도 사람들과 어울려 살아가야 합니다. 만남을 즐겨보
십시오.

 만나지 않으면 사랑할 수 없습니다. 만남 속에 사랑이 있다는 것을 잊
지 마십시오.

37 나를 사랑하자

유미(由美) 씨는 자주 자기혐오에 빠져버립니다.

"난 역시 안 돼……."

물론 유미 씨가 남에게 싫은 소리를 하거나 버릇없이 구는 경우는
없습니다. 이런 표현이 어울릴지 모르지만 그녀는 열등감을 가지고 있
습니다.

이런 의식상태에서 로맨틱한 사랑을 꿈꾸기는 힘이 듭니다.

유미 씨의 부모님은 상당히 엄하신 분들이었습니다. 그래서 그녀는
어렸을 때부터 부모님 말씀을 잘듣는 착한 아이였고, 무슨 일이든지
잘 참아내는 인내심 강한 아이였습니다. 그런데 그것이 문제였습니다.
그녀는 자신의 의사표현을 할 줄 몰랐던 것입니다.

"어떤 게 좋아?"하고 물어보면 "다 괜찮아."라고 대답할 뿐이었습
니다. 즉 정말 하고 싶은 일이 무엇인지, 무엇을 갖고 싶은 것인지 스스
로 모르고 있는 것입니다.

일반적으로 남성들은 여성을 리드하고자 하는 본능을 가지고 있습니다. 예를 들어 데이트 중에 식사를 한다고 가정해봅시다. 만약 그녀가 "전 아무거나 괜찮아요."라고 대답한다면, 그는 기쁜 마음으로 자신이 미리 생각해놓은 레스토랑으로 그녀를 데리고 갈 것입니다.

하지만 때로는 여자에게 선택권이 주어지는 경우가 있습니다.

"어디 가고 싶어요? 뭐 먹을래요?"

"스파게티 먹고 싶어요."

이렇게 즉시 대답하면 남자는 기분이 좋아 말합니다.

"좋아요. 그럼 가죠!"

그런 다음 스파게티로 그녀를 즐겁게 해주려고 할 것입니다.

늘 자기 주장을 해야 한다고 강조하는 것이 아닙니다. 때와 경우에 따라서는 그럴 필요가 있다는 것을 이야기하는 것입니다.

유미 씨는 사랑하는 사람이 생기면 자신을 희생하면서까지 상대에게 매달리는 타입이라고 할 수 있습니다. 그녀와 사귀었던 남자들은 처음에는 모두 그녀의 얌전하고 순종적인 모습을 좋아하게 됩니다. 그러나 시간이 지나면 자신을 표현하지 않는 그녀에게 불만을 갖게 됩니다.

"그녀가 마음속으로 무슨 생각을 하고 있는지 전혀 모르겠어. 조금이라도 솔직하게 감정을 표현해줬으면 좋았을텐데……."

그리고는 다들 유미 씨 곁을 떠나버립니다.

저는 유미 씨에게 이런 충고를 해주었습니다.

"당신은 아주 매력적인 사람이에요. 때와 장소, 어떠한 상황에 상관

없이 당신의 감정을 솔직하게 표현해보세요. 그런다고 해서 사람들이 당신을 비난하지는 않아요.”

처음에 그녀는 멍한 표정으로 이야기만 듣고 있었습니다. 그러다 제 말의 의미를 이해하게 되었는지 눈을 반짝이기 시작했습니다.

자신이 자신을 사랑해야 다른 사람도 당신을 사랑해줄 수 있습니다. 자신을 소중히 여기고 자신의 감정에 대해 솔직하게 이야기 하는 사람이 됩시다.

머피 박사는 이런 말을 했습니다.

“진심으로 자신을 사랑하고 소중히 여기시기 바랍니다. 그건 자신에 대한 편애가 아닙니다.”

 사랑은 때로 사람을 미치게 한다

사랑은 일단 어긋나기 시작하면 심신의 균형을 깨뜨리고, 불안감을 가져옵니다.

최근에는 배신으로 인한 칼부림 사건도 늘었습니다. 며칠 전에도 뉴스에 고등학교 교사와 사귀던 여고생이 교사의 애인인 같은 학교 여교사를 칼로 찌른 사건이 보도가 되었습니다. 사랑은 이토록 사람을 미치게 만들기도 합니다.

다음은 최근 저의 상담실에 찾아온 다카코(貴子) 씨에 관한 이야기입니다. 다카코 씨는 같은 아파트에 사는 테츠야(鐵也) 씨라는 학생을 좋아하게 되었습니다. 아침 출근길이나 아파트 모임에서 가끔씩 마주치며 이야기를 하다가 어느 순간 좋아하게 되었다고 합니다.

그러나 안타깝게도 테츠야 씨에게는 여자친구가 있었습니다. 머리가 긴 아름다운 여자였습니다. 어느 날 다카코 씨는 테츠야 씨가 그 여자와 함께 걸어가고 있는 현장을 목격하였습니다. 그리고 가끔씩 그의

방에서는 행복한 웃음소리가 흘러나왔습니다.

다카코 씨는 그 웃음소리를 들으면서 점점 화가 치밀어올랐습니다. 그리고 테츠야 씨의 여자친구를 절대 용서할 수 없다는 생각이 들었습니다. 질투심이었던 것입니다. 그녀는 밤이 되기를 기다렸다가 그날부터 스토커가 되었습니다.

다카코 씨는 그가 그녀와 함께 집에 들어간 것을 확인한 후 전화를 걸어 아무 말도 하지 않고 그냥 끊어버렸습니다. 어떨 때는 귀고리 한쪽을 테츠야 씨의 차에 몰래 던져넣고 오고는 했습니다. 테츠야 씨에게 다른 여자가 있다는 것을 알리기 위해서였습니다.

다카코 씨는 어떻게든 테츠야 씨와 그녀를 헤어지게 하고 싶었습니다. 그러나 두 사람은 헤어지지 않았습니다.

견디기 힘들었던 테츠야 씨는 결국 발신자 전화번호를 표시해주는 전화기를 구입했습니다. 어느 날 다카코 씨는 평상시처럼 테츠야 씨에게 전화를 걸어 아무 말도 하지 않고 끊어버렸습니다.

지금까지의 장난 전화뿐만 아니라 그들을 괴롭혔던 모든 일들이 그녀가 꾸민 사건이라는 것이 밝혀지고 만 것입니다. 가장 놀란 사람은 물론 테츠야 씨였습니다. 그는 너무 기가 막혀서 이렇게 중얼거리기만 했습니다.

"설마 그 여자 분이? 그런 일을 할 만한 사람으로는 안 보였는데……."

다행히도 테츠야 씨가 경찰에 신고하지 않았기 때문에 다카코 씨는 처벌은 면할 수 있었습니다. 그러나 그녀는 이사를 갈 수밖에 없었습니다.

평소에는 똑똑하고 성실해서 다른 사람에게 피해를 주는 일은 절대 없을 것 같던 그녀가 한번 사랑에 미치게 되자 무서운 스토커로 변해버렸던 것입니다.

연심(戀心)은 무서운 것입니다.

"그 사람을 사랑해서 그런 건데, 그게 뭐가 나빠?"

이런 이기적인 생각이 개인과 사회질서까지 위협하고 있습니다. 자신이 좋아하는 것을 위해서라면 무엇이든지 하겠다는 요즘 젊은이들의 성향은 아주 위험합니다.

인간은 자신을 잃으면 인생의 중요한 것을 잃어버리게 됩니다. 이성적이고 냉정한 마음으로 자신의 행동에 대해서 반성할 줄 알아야 합니다.

자신이 없는 사람은 열등감을 느끼게 되고 상대방에게 집착하게 됩니다. 지나친 집착으로 상대방을 힘들게 한다면 그것은 진정한 사랑이 아닙니다.

상대방을 위한 것이 어떤 것인지 생각해보시기 바랍니다.

39 감수성을 계발하자

감수성이 가장 풍부한 시기는 십대 중반에서 이십대 전반까지입니다. 이 시기가 지나면 머리가 점점 굳어지면서 감동하거나 감정이 넘치는 일은 줄어듭니다.

그뿐 아니라 점점 완고한 성격으로 변하게 되어 자신의 생각을 좀처럼 바꾸려고 하지 않고 다른 사람의 충고를 귀담아들으려고도 하지 않습니다.

그러나 이러한 상식을 뒤엎고 젊어지는 방법이 있습니다. 바로 사랑을 하는 것입니다. 다른 사람을 좋아하거나 누군가에게 관심을 가질 수 있는 것은 머리와 마음이 유연하기 때문이라고 할 수 있습니다.

영화나 소설을 좋아하는 사람은 감성이 풍부하기 때문에 정신적으로 젊은 사람들이 많습니다. 영화나 소설뿐 아니라 TV 드라마와 만화도 감수성 발달에 좋습니다. 물론 음악이나 회화(繪畵) 감상도 많은 도움이 됩니다.

우리들에게 가장 중요한 것은 무엇인가를 동경하는 마음입니다. 이런 마음이 없으면 사람은 금방 노화됩니다.

- 저 영화의 주인공처럼 아름다운 사랑을 해보고 싶어!
- 저렇게 멋진 사람이 나의 애인이라면 얼마나 좋을까?
- 나도 저 드라마처럼 낭만적인 사랑을 해보고 싶어!

작가나 배우, 만화가, 음악가와 같은 사람들은 아무리 나이가 들어도 수많은 러브스토리를 창작해냅니다. 이들은 감수성을 잃어버려서는 안 되기 때문에 끊임없이 감수성 계발을 합니다.

다시 말해 위와 같은 마음만 갖는다면 젊었을 때와 같은 풍부한 감성을 언제까지라도 유지할 수 있습니다. 그러나 단순히 그런 것들을 접하기만 하면 되는 것도 아닙니다.

나나코(奈々子) 씨는 감수성 계발을 생활신조로 삼고 있는 30세의 여성입니다. 영화를 보러가기도 하고 사랑을 주제로 수필을 직접 쓰기도 합니다.

그리고 관심이 있고 없고를 떠나서 여러 장르의 음악을 듣고, 친구들이 부르면 어디든 따라갑니다.

"그렇다고 해서 그냥 따라다니기만 하는 건 아니에요. 아무리 근사한 것을 보고 들어도 아무 생각 없이 멍한 태도로 받아들인다면 아무 의미가 없는 거죠. '정말 아름다워, 대단해!'하고 감탄하는 것만으로도 기분전환이 되거든요. 물론 그런 것을 접하는 것만으로도 마음이 편안해지는 효과를 얻을 수 있기는 합니다. 저의 좌우명이 '감수성 계발'이거든요. 그래서 남보다 한 걸음 앞서가고 싶은 욕심이 생겨요. 주변의 여러 가지 사물을 통해서 느낄 수 있는 아름다움과 감동을 제 자신에게 어떻게 활용시킬 것인가에 대해서도 생각해요. 과거의 경험에 앞으로의 희망을 혼합해서 새로운 시야를 갖는다는……. 뭐 그런 거죠. 어쨌든 무엇이든 많이 공부해서 제 것으로 만들려고 노력하고 있어요. 그러다 보면 제가 정말 관심 있어 하는 분야를 찾을 수 있게 되겠죠. 선입관을 갖지 않고 여러 가지 일에 도전할 생각이에요."

부드러운 마음과 감수성을 계발하기 위해 노력하는 그녀의 모습이 아름다웠습니다. 그리고 곧 멋진 사랑도 만날 수 있을 것 같은 예감이 들었습니다.

젊어지는 비결은 유연한 몸과 마음에 있습니다.
유연한 몸과 마음은 감수성에서 나옵니다.
당신의 감수성은 얼마나 된다고 생각하십니까?

40 사랑은 끊임없이 주는 것

연애체질을 유지하기 위한 가장 좋은 방법은 항상 주변 사람들에게 아낌없이 베풀 수 있는 존재가 되는 것입니다. 즉 정보나 지식, 말, 기분, 애정, 자상함 등을 끊임없이 나누어주는 것을 말합니다.

처음에는 사랑하는 두 사람만의 세계가 가능하지만 시간이 흐르면서 배우자의 가족과 친구들, 그리고 주위 사람들과 세상을 공유하게 됩니다. 당신이 아는 사람들을 비롯해서 그 밖의 많은 사람들이 두 사람과 얽히게 되는 것입니다. 주위 사람들에게도 자신의 사랑을 나누어주십시오.

또한 연애중인 사람들은 친구들과 차를 마시면서 나누는 이야기나 노래방에서 부르는 노래, 그리고 영화나 책을 고를 때에도 사랑(연애)과 관련된 성향으로 바뀌게 됩니다.

멋진 사랑을 하고 있는 사람은 주위 사람들에게도 부드럽고 자상하게 대해줍니다. 그러나 그렇지 않은 사람은 주위 사람들에게 스트레스를 주거나 신경질만 부리는 이기주의자가 되고 맙니다.

또한 사랑을 하면 상대방에게 너무 바라기만 하는 경향이 있습니다.

"이만큼 당신을 사랑해요."

"그러니까 당신도 당연히 나를 많이 많이 사랑해주어야 해요."

항상 내가 준 만큼 받겠다는 GIVE AND TAKE 정신을 갖고 살아가서는 안 됩니다.

'사랑'은 '준다'라는 말의 다른 표현입니다. 과감히 주도록 하세요. 그리고 사랑하는 사람에게뿐만 아니라 당신의 주변에 있는 모든 사람들에게도 커다란 사랑을 나눠주시기 바랍니다. 어느 날 문득 그런 자신을 발견하게 될 때, 두 사람의 사랑은 몰라보게 성숙해져 있을 것입니다.

"당신이 60세이든 70세이든 상관 없이 다른 사람들에게 주어야 할 많은 것들을 갖고 있다는 사실을 기억하십시오. 그럼 항상 사랑을 나누어주며 살아갈 수 있을 것입니다."

역시 머피 박사의 말입니다.

41 지혜롭게 싸우자

사랑하는 사람과는 자주 싸우게 됩니다. 물론 상대방을 생각하기 때문에 싸우는 것이지만, 잘못하면 서로 감정이 크게 다칠 수 있습니다. 더욱이 대부분의 사람들은 가까워질수록 상대방에 대한 배려가 사라집니다.

어느 한쪽이 정신적으로 더 성숙하고 포용력이 있는 경우라면 별 문제가 없겠지만 대부분의 경우는 그렇지가 못합니다. 똑같이 고집을 부리며 자존심만 내세우면 화해를 하기는 더욱 힘들어지는 것입니다.

그러나 심하게 싸우고 화해를 하면 둘 사이의 믿음은 전보다 더욱 단단해집니다. '비 온 뒤에 땅이 굳는다'라는 말처럼 말입니다.

감정을 노골적으로 드러내며 싸우는 사이에 서로의 속마음과 진심을 알게 되기도 합니다. 다시 말해 상대방을 더 깊이 이해할 수 있게 되는 것입니다. 또한 상대방의 성격도 파악할 수 있게 되고, 그러면 대처할 수 있는 지혜가 생깁니다.

싸우는 데도 비결이 있습니다. 상대방의 사적인 부분까지 깊이 파고들어 질책하는 일은 절대 해서는 안 됩니다. 현명한 방법의 싸움은 상대방에게 가지고 있던 부정적인 생각들을 긍정적인 사고로 전환시킬 수 있어야 합니다.

또 상대방의 이상한 버릇이나 좋지 않은 행동에 대해 상대방이 고칠 때까지 계속 잔소리를 하는 것보다 배려하는 마음으로 진지하게 지켜보는 것이 중요합니다.

평소에는 좀처럼 드러내어 말하지 못했던 것도 싸움만 하면 흥분한 상태에서 거침 없이 내뱉어버립니다. 그렇다고 해서 상대방에게 상처를 주는 말과 행동을 해서는 절대 안 됩니다. 싸움은 더 좋은 관계를 유지하게 하기 위한 하나의 의사소통의 방법이지 상대에게 상처를 주기 위한 것은 아닙니다. 그러니 싸울 때는 조심해야 합니다.

일단 싸우게 되면, 상대방에 대한 불만을 마음속에 쌓아두지 말고 속시원히 풀어버리는 것이 중요합니다. 다시 한번 강조하지만 상처를 주어서는 안 됩니다. 무엇보다 서로 속시원히 풀어버리는 것이 중요합니다.

그리고 한바탕 싸우고 나서는 반드시 매듭을 지어야 합니다.

"알았어요. 당신이 지적해준 부분은 고치도록 할게요. 그럼 당신도 노력하는 거예요!"

어디까지나 보다 좋은 관계를 만들기 위한 싸움이라는 것을 잊어서는 안 됩니다. 애정을 갖고 싸우는 것이 중요합니다. 애정이 없으면 싸울 필요도 없기 때문입니다.

또 한 가지 중요한 것은 상대방을 만나기 전 자신의 모습 그대로를 지키려고 고집을 부려서는 안 된다는 것입니다. 앞에서 설명한 대로 좋지 않은 습관이나 버릇, 그리고 상대방이 충고해준 부분은 적극적으로 고쳐나가시기 바랍니다. 그러면 진심으로 서로를 이해하는 사이가 될 수 있을 것입니다.

상대방은 당신이 모르고 있는 당신의 결점을 지적해줄 수 있습니다. 그러면 그것을 솔직히 받아들일 수 있어야 합니다.

42 싸울 때도 이성적이어야 한다

싸울 때 주의해야 할 것은 상대방이 던진 거친 말에 감정적으로 대응해서는 안 된다는 것입니다. 또 자칫 마음에도 없는 말을 해버리는 실수는 하지 말아야 합니다.

서로에 대한 이해가 부족하기 때문에 싸우는 것입니다. 그러나 상대방이 상처받기 쉬운 말이나 인격을 모독하는 온갖 욕설을 퍼부어서는 안 됩니다.

남성의 경우 가장 상처받기 쉬운 말은,

"그래도 자기가 남자야?", "남자답지 못해."라는 말입니다.

어쨌든 인신공격을 한다거나 자존심과 인격에 상처를 주는 말은 하면 안 됩니다. 또한 상대방의 가족을 욕하면 안 됩니다.

완전히 다른 환경에서 자란 두 사람입니다. 가끔 한두 번 정도 싸우는 것은 당연한 일입니다. 싸우지 않는 편이 오히려 이상한 것입니다.

중요한 것은 서로에게 도움이 되는 싸움을 해야 한다는 것입니다.

말다툼을 할 때는 솔직하게 자신의 감정에 대해 이야기하고, 싸움이 끝난 후에는 진심으로 사과하고 잘못을 반성하며 서로 개선해나갈 수 있도록 노력해야겠습니다.

 감정적인 싸움은 상대방에게 상처를 줄 수 있습니다.
상대방에게 불만이 있다면, 이성적으로 판단하여 상대방이 이해하고 고쳐나갈 수 있도록 도와주어야 합니다.

43 추억거리들을 많이 남기자

토모코(智子) 씨는 편지 쓰는 것을 좋아해서 친구들과 가족에게 자주 편지를 씁니다. 또 사진 찍는 것도 좋아해서 어딜 가든 반드시 작은 카메라를 가방에 넣어 가지고 다닙니다. 그녀에게는 찍은 사진을 앨범에 정리하는 것도 작은 즐거움이라고 합니다.

어느 날 그녀는 남자친구와 심하게 싸우고 말았습니다. 아주 사소한 일이 원인이었습니다. 티격태격 말싸움을 하다가 점점 감정이 격해진 그녀가 먼저 헤어지자고 한 것입니다.

"우리 그만 끝내요!"

예상치 못한 상황에 상대방도 깜짝 놀랐습니다. 정신을 차리고 나서야 토모코 씨는 자신이 한 일에 대해 후회하기 시작했습니다. 하지만 이미 엎질러진 물이었습니다.

일단 서로 생각을 할 시간이 필요한 것 같아서 3주일 동안 만나지 않고 지내보기로 했습니다. 서로 침착하게 생각해보는 것이 좋을 것 같아서였습니다.

방에 혼자 앉아 있던 토모코 씨는 아무 생각 없이 앨범을 펼쳐보았습니다. 그러자 거기에는 두 사람이 함께 활짝 웃고 있는 사진들이 여기 저기 깔끔하게 정리되어 있었습니다. 그 사진을 보는 동안 남자친구와 함께 보냈던 즐거웠던 일들이 되살아났습니다.

그리고 그녀는 책상서랍에서 몇 달 전에 썼다가 미처 보내지 못한 편지를 찾았습니다. 친구들에게 자신의 남자친구가 얼마나 괜찮은 사람인지 자랑하는 편지였습니다.

그에게 쓴 편지도 있었습니다. 미처 전해주지 못한 것으로 오래 전에 순수한 마음으로 그를 좋아했던 때 쓴 편지였습니다. 그 편지에는 그가 정말 좋아서 견딜 수 없었던 자신의 마음이 그대로 담겨져 있었습니다.

토모코 씨는 그 편지를 읽으며 눈물을 흘렸습니다. 그리고 어쩌다가 자신이 이렇게까지 변하게 되었는지 생각해보았습니다.

'처음 사귀기 시작했을 때는 그이와 함께 있다는 사실만으로도 행복했었는데……. 그래서 그이가 하고 싶어하는 건 뭐든지 해주어야겠다고 생각했는데……. 하지만 내가 먼저 이것저것 안 된다며 잔소리를 늘어놓기 시작했어. 언제부턴가 그이 앞에서 내가 하고 싶은 대로만 행동하게 됐어.'

그녀는 지난 일을 떠올리며 반성했습니다.

그리고 다행히 토모코 씨는 예전의 마음을 다시 찾을 수 있었습니다. 약속했던 3주일이 지난 후, 두 사람은 차분해진 마음으로 다시 만날 수 있었습니다.

물론 남자친구도 그 동안 신중하게 생각해본 것 같았습니다.

간혹, 예전의 자신의 모습에서 현재의 자신이 배울 점을 찾게 되는 경우가 있습니다. 토모코 씨처럼 추억이 담긴 물건이나 편지를 보고, 혹은 일기장을 보며 현재의 자신을 반성하는 것입니다.

이처럼 추억이 담긴 물건은 때로 현실을 버틸 수 있게 하는 힘이 됩니다. 추억거리를 많이 남겨보십시오. 사랑이 시들해지거나 싸웠을 때, 당신과 그의 마음을 잡아줄 힘이 될 것입니다.

누구나 다 그렇겠지만 무슨 일이든 처음에는 대단한 각오로 시작합니다. 그러나 대부분의 사람들은 그때의 마음을 잊고 살아갑니다.
사랑도 마찬가지입니다.
처음의 설렘과 처음의 마음을 잊었다면, 편지나 일기, 사진 등을 보며 예전의 자신을 만나 이야기를 해보십시오.

44 화해를 할 때는 좀 색다른 데이트로

싸우는 것은 두 사람의 사이가 좋다는 증거이기도 합니다. 서로 안심할 수 있는 사이이기 때문에 어려워하지 않고 하고 싶은 말을 하게 되는 것입니다.

시간이 흐르면서 매력적이었던 상대방에게서도 어느 순간 더 이상 매력을 느낄 수 없게 됩니다. 상대방이 곁에 있다는 사실에 익숙해져서 결국 싫증을 느끼게 되는 것입니다. 또 익숙한 상태가 계속되면 애정표현이 눈에 띄게 줄어들게 되고, 싸우는 횟수가 늘어갑니다.

어쩌다가 한두 번씩 싸우면 화해하기가 쉽습니다. 그러나 싸움이 지나치게 잦아지면 화해하기가 어려워집니다. 이럴 때는 상대방이 깜짝 놀랄 만한 이색적인 데이트를 만들어보십시오.

예를 들어 평소에 근사한 레스토랑을 찾아다니며 데이트를 했었다면, 이번에는 분위기를 바꿔서 주점이나 삼겹살 집에서 만나보도록 하십시오. 그러면 상대방은 당신의 모습에 분명히 놀라게 될 것입니다.

데이트 할 때 오락실에 늘 들렀었다면, 이번에는 미술관이나 박물관에서 예술작품을 감상해보는 건 어떨까요? 드라이브만 하지 말고 등산을 해보는 것도 좋은 방법입니다.

또한 조금은 색다른 장소에 가보는 것도 연애를 할 때 가벼운 긴장감과 상대에 대한 호기심을 증가시키는 좋은 방법입니다. 그러면 적교효과와 같은 상황을 연출할 수 있게 되는 것입니다.

연인에게 가장 큰 적은 '서로에게 익숙해지는 것'입니다. 언제나 처음 만난 사이처럼 신선한 관계를 유지하기 위해서는 적당한 자극을 주어야 합니다. 새로운 장소, 색다른 체험, 새로운 것과의 만남 등은 좋은 자극이 될 것입니다.

싸움은 긴장이 풀렸을 때 일어납니다.
즉 싸움이 잦다는 것은 그만큼 서로에게 익숙하다는 것입니다.
이럴 때는 긴장감을 유발시킬 수 있는 이벤트나 색다른 데이트로 기분을 전환시키는 것이 좋습니다.

45 동성친구를 소중히 여기자

마이코(麻衣子) 씨는 남에게 자신의 이야기를 하는 것을 싫어합니다. 다른 사람에게 고민을 털어놓는다는 것 자체가 부끄러운 일이라고 생각하기 때문입니다. 또한 다른 사람이 자신의 이야기를 정성껏 들어줄 리가 없다는 생각도 갖고 있습니다.

그도 그럴 것이 이제까지 마이코 씨에게 상담을 요청해오는 친구는 없었습니다. 또한 마음놓고 고민을 털어놓을 수 있는 친구도 없었습니다.

마음을 좀처럼 열려고 하지 않는 마이코 씨에게는 자상한 남자친구가 있었습니다. 그런데 어느 날, 그와 심하게 다투고 말았습니다. 그와 싸운 후 불편한 마음 때문에 밤잠을 설치던 그녀는 회사동료인 키미코(公子) 씨로부터 전화를 받게 되었습니다.

보통 때는 자신의 이야기를 전혀 하지 않는 그녀였습니다. 그런데 키미코 씨와 이런 저런 이야기를 하는 사이에 문득 남자친구와 싸웠던 일이 생각났습니다. 참을 수 없었던 마이코 씨는 자신의 생각을 모두 털어놓았습니다.

키미코 씨는 소극적이고 말이 별로 없는 그녀가 갑자기 따발총처럼 자기 이야기를 쏟아내자 당황했습니다. 그러나 무엇보다 키미코 씨는 자신에게 속마음을 털어놓았다는 사실이 기쁘기만 했습니다.

이야기를 다 끝낸 그녀가 얕은 한숨을 내쉬자 이번에는 키미코 씨가 자기 남자친구 이야기를 하기 시작했습니다. 마이코 씨는 지금까지 친구의 애인에 대한 이야기는 한번도 들어본 적이 없었기 때문에 아주 흥미 있게 그녀의 말에 귀를 기울였습니다. 두 사람의 이야기는 밤늦게까지 계속 되었습니다.

"우리 다음에 온천에 같이 갈까? 밤새도록 이야기도 하고 편안하게 쉬고 오자."

이렇게 전화통화를 끝냈습니다. 마이코 씨는 마음속이 후련해지는 것을 느꼈습니다.

걱정이나 고민은 시원하게 털어놓아야 말끔히 사라집니다. 마음속에 담아두기만 한다면 마음은 병들어버립니다. 또 고민과 걱정을 털어놓아 제3자의 의견을 들음으로써 자신만의 독선적인 사고에서 벗어나 냉정한 판단을 내릴 수 있게 됩니다.

"여자친구가 이렇게 좋은 건지 미처 몰랐어."

마이코 씨는 급기야 감동하고 말았습니다.

애인이 생기면 동성친구들과는 별로 만나지도 않고 연락도 잘 안

하게 됩니다. 남자와 여자는 아무래도 생각이 다르기 때문에 가장 잘 이해해줄 수 있는 것은 역시 동성친구입니다. 고민이 있을 때는 동성친구에게 상담하는 것이 가장 빠르고 좋은 방법입니다. 동성친구들은 당신이 털어놓는 이야기를 반드시 이해해줄 것입니다.

그 후로 그녀는 키미코 씨와 좋은 친구가 되었고, 생활의 범위도 훨씬 넓어졌습니다. 물론 남자친구와도 서로를 더욱 이해해주고 아껴주는 관계로 발전하게 되었습니다.

혹 당신은 동성친구의 소중함을 잊고 있는 건 아닌가요?
동성친구는 당신을 가장 잘 이해해주고 위로해줄 수 있는 사람입니다.
동성친구를 소중히 여기는 당신이 되시기 바랍니다.

46 좀더 신뢰하자

싸움은 보통 사소한 일 때문에 일어나지만, 간혹 이런 사소한 일이 큰 싸움으로 번지기도 합니다. 싸움이 일단 커지면 화해하기는 점점 더 어려워지고 잘못하면 서로에게 큰 상처를 줄 수도 있습니다. 그러나 서로에 대한 믿음이 강하다면 싸움은 크게 문제되지 않습니다.

신뢰는 두 사람에게 가장 중요한 것입니다. 상대방에게 신뢰받고 있다는 확신이 생기면 둘 사이의 유대감도 더욱 강해집니다. 이러한 확신이 없으면 두 사람의 관계는 어색해져버리고 맙니다.

다음은 신뢰에 대한 머피 박사의 말입니다.

"신뢰는 신뢰할 만한 이유가 있어서 하는 것이 아닙니다. 우선 상대방을 먼저 신뢰해보십시오. 사람은 신뢰를 받으면 그에 보답하려고 하기 때문입니다."

나오코(尙子) 씨는 결혼한 지 3년 된 주부입니다. 남편 켄지(乾二) 씨는 대기업 광고회사에 다니는 샐러리맨입니다. 최근 나오코 씨는 일을 하고 싶다는 생각을 하게 되었습니다.

남편의 수입은 비교적 많은 편입니다. 생활하기에는 충분해서 굳이 나오코 씨가 일을 해서 생활비를 벌 필요까지는 없습니다.

나오코 씨는 대학 졸업 후, 2년간 여행사에서 일한 경험이 있습니다. 늘 업무성적이 좋아서 사람들에게 인정을 받았고, 자신도 많은 보람을 느꼈었습니다.

그녀는 그때의 기억을 떠올리며 다시 일을 해보고 싶다는 생각을 하게 된 것입니다. 게다가 요즘 같은 불경기에 아무리 수입이 많다고 해도 남편의 수입에만 의존할 수는 없다는 생각이 들었습니다. 같은 아파트에 살고 있는 아주머니들도 모두 아르바이트를 하고 있었습니다. 그녀는 자신의 생각을 결국 남편에게 말했습니다. 그러자 남편은 다음과 같이 말했습니다.

"내 월급만으로는 부족하다는 거야?"

그러나 나오코 씨는 일이 너무 하고 싶었기 때문에 이런 저런 이유를 들어서 결국 일을 시작하게 되었습니다.

남편은 무리하게 고집을 부리면서까지 일을 시작한 나오코 씨가 혹시 자기 몰래 바람이라도 피우는 것은 아닌지 의심하기 시작했습니다. 그리고 매일 밖에 나가는 부인이 걱정되었습니다.

가끔 귀가시간이 늦어지기라도 하면 남편은 안절부절을 못했습니다. 언제부터인가 남편이 일일이 간섭을 하기 시작했습니다.

"오늘은 왜 이렇게 늦었어? 대체 누구랑 술 마신 거야?"

남편의 의심이 점점 심해지자 나오코 씨는 참을 수가 없었습니다.

"당신, 나를 그렇게 못 믿어요?"

그녀는 그 동안 참아왔던 감정을 터뜨려버렸습니다. 이 일을 계기로 두 사람은 크게 싸웠고, 사이는 점점 나빠졌습니다.

이 부부싸움은 남편 켄지 씨가 부인의 행동을 의심한 것이 화근이 되었지만, 그것보다 먼저 부인 나오코 씨가 남편의 수입에 불안을 느꼈기 때문이기도 합니다.

이러한 유형의 부부는 많습니다.

부부싸움을 피하는 비결은 서로 툭 터놓고 진솔한 대화를 나누는 것입니다. 나오코 씨와 켄지 씨 부부는 충분히 마음을 열고 대화를 하지 않았던 것입니다.

그리고 무엇보다 두 사람 사이에는 믿음이 별로 없었습니다. 서로 믿고 의지하는 사람들에게는 싸움은 큰 문제가 되지 않습니다. 좀더 서로를 믿어보시기 바랍니다.

머피 박사는 신뢰의 중요함에 대해 다음과 같이 설명하고 있습니다.

"당신이 신뢰하고 있는 사람에게 온힘을 다해 그 사실을 알리도록 하세요. 그럼 당신은 반드시 그에 대한 보답을 받게 될 것입니다."

47 충고를 받아들이자

당신에게는 단점을 거침 없이 지적해주는 친구가 있습니까?

누구나 성인이 되면 상대방의 허점을 찌르는 말은 하지 않게 됩니다. 아니, 할 수 없게 된다는 것이 맞는 말입니다.

아무리 친한 사이라도 그 사람의 단점을 지적해주기는 어려운 일입니다.

"넌 이런 점을 좀 고쳐!"

이렇게 말해주는 사람은 사실 많지 않습니다. 즉 자신의 결점을 확실하게 알고 있는 사람이 많지 않다는 것입니다.

남들은 별로 신경 쓰지 않는 일을 필요 이상으로 걱정한다거나, 반대로 주위 사람들에게 피해를 주면서도 아무렇지도 않게 행동한다거나 하는 것은 주변에 그런 점을 지적해줄 사람이 없다는 것을 의미합니다.

그리고 보면 싸울 때 당신에게 쏟아지는 무수한 비난들이야말로 당신에게 가장 필요한 말들입니다. 한번 잘 생각해보시기 바랍니다.

누군가가 당신에게 조언을 해주었다면 고맙게 받아들이고, 아무런 사심 없이 반성해보십시오. 분명, 그것은 당신을 위한 것입니다.

인간은 어른이 되어도 자신의 버릇이나 단점을 깨닫지 못하는 존재입니다. 또 무의식적으로 인지하고 있더라도 그것을 고칠 수 있는 계기를 만나기란 쉽지 않습니다.

그러므로 거리낌없이 충고를 해주는 사람은 당신에게 둘도 없는 소중한 존재라고 할 수 있습니다. 동시에 결점을 고칠 수 있는 절호의 기회입니다.

당신에게 한 가지 제안하고 싶은 것이 있습니다. 잠자리에 들기 전 오늘 하루 동안 주위 사람들에게 들었던 말들을 노트에 적어보고, 상대방이 왜 그런 말을 했는지 한번 생각해보십시오.

자신의 행동과 말 그리고 태도에 어떤 문제가 있었는지 신중하게 생각해보는 것입니다. 충고는 바로 조언입니다.

아무리 생각해도 충고를 전혀 이해할 수 없을 때는 다른 친구들이나 가족에게 물어보는 것도 좋습니다. 충고와 조언을 무시하지 말고 잘 생각해보십시오.

혹 상대방이 당신에게 상처를 주려고 던진 말이라도 그 속에는 당신을 위한 것이 많습니다. 험담이든 충고든 겸허하게 자신의 것으로 받아들이기 바랍니다.

충고를 받아들이고 자신의 단점을 고치려고 노력하는 사람이 되십시오. 충고는 당신은 보다 더 성숙하게 만들 것입니다.

또 당신도 누군가에게 좋은 충고와 조언을 해주는 사람이 되어 보십시오. 충고와 조언은 사람을 보다 더 성숙하게 만들어줍니다.

머피 박사는 이렇게 말하고 있습니다.
"누군가가 당신에게 충고를 해주었을 경우, 그 사람이 신의 목소리와 의지를 대변하고 있다고 생각하십시오. 그러면 그 충고가 어떤 내용일지라도 당신에게 유익한 선물이 될 것입니다."

48 베스트 파트너는 반드시 존재한다

연애나 결혼은 운명의 사람과 해야한다는 것이 저의 생각입니다. 운명의 상대를 한마디로 표현하는 것은 어렵지만, '서로가 존재함으로써 가장 자신다운 모습으로 살아갈 수 있는 베스트 파트너'라고 하면 어떨까요?

즉 베스트 파트너는 마음이 잘 맞고 서로를 진심으로 사랑하며 함께 있으면 편안한 상대, 그리고 서로의 삶의 방식과 생각을 존중해줄 수 있는 상대라고 할 수 있습니다.

따라서 아무리 사랑하고 있다고 해도 왠지 삐걱거리기만 하고 일이 잘 풀리지 않으면 그 사람은 당신의 베스트 파트너가 아닙니다. 그리고 그런 사람과는 결혼하지 못하는 경우가 많습니다. 그렇다면 운명의 사람은 어떤 사람을 말하는 것일까요?

마키코(眞智子) 씨는 한 유부남을 좋아하게 되었습니다. 그는 회사동료로 젊고 유능한 사원입니다. 그 사람의 권유로 식사를 같이 한 후에

몇 번 더 만나다보니 둘은 사랑에 빠지게 되었습니다.

마키코 씨는 이미 결혼해서 아이까지 있는 사람이었기 때문에 가벼운 마음으로 함께 식사를 하러 갔던 것이었습니다. 그 후에도 두 사람은 계속 만남을 가졌고, 그녀는 점점 그에게 끌려가고 있었습니다.

그들은 몰래 사귀게 되었습니다. 그들의 관계는 불륜이라고 할 수 있습니다.

얼마 안 있어 그녀는 그런 식으로 만나는 것이 싫어졌습니다. 그래서 하루는 그에게 말했습니다.

"나를 선택하든지, 아니면 부인과 아이를 선택하든지 빨리 결정하세요! 더는 이렇게 못 만나겠어요!"

그는 부인과 애정이 식은 상태였고, 마키코 씨에게 부인과 함께 있는 것보다 마키코 씨와 있는 시간이 더 편하고 즐겁다고 자주 말했었습니다. 그래서 마키코 씨는 자기가 선택되는 것은 100% 당연한 일이라고 확신하고 있었습니다.

그러나 그는 부인과 아이를 선택했습니다. 아이를 생각해서 이혼할 수 없다는 말만했습니다.

'처음부터 날 갖고 놀았던 거야.'

마키코 씨는 큰 충격을 받았습니다.

실연의 아픔으로 방황하는 그녀에게 힘이 되어준 사람은 다름 아닌 그 사람의 친구, 다카노(高野) 씨였습니다. 다카노 씨는 마키코 씨와 그의 관계를 잘 알고 있었습니다.

"제가 하는 말을 믿기 어렵겠지만, 그 녀석은 당신의 장래를 생각해서 당신을 포기한 거예요. 물론 부인과 아이와도 그렇게 간단하게 헤어질 수 있는 것은 아니죠. 하지만 당신을 좋아하기 때문에 어쩔 수 없이 가정을 선택했다고 했어요."

마키코 씨는 다카노 씨와 함께 있으면 상처가 치료되는 것 같았고, 마음이 아주 편안해지는 듯했습니다. 며칠 후 다카노 씨는 그녀에게 차를 마시러가자고 했습니다.

"저기 말이죠. 계속 그렇게 기운 없이 지낸다고 해서 변하는 건 아무것도 없어요. 거기 알죠? 소문난 레스토랑, 거기 가보지 않을래요?"

마키코 씨는 다카노 씨의 진심에서 자상함을 느낄 수 있었습니다.

그녀의 베스트 파트너는 불륜의 관계였던 그 남자가 아니었던 것입니다. 그녀의 베스트 파트너, 즉 운명의 사람은 다카노 씨가 아닐까요? 운명의 사람이란 바로 이와 같은 사람을 두고 하는 말일 것입니다.

당신이 사랑하는 사람과 헤어졌다면, 그는 당신의 베스트 파트너가 아닐지도 모릅니다.
당신의 베스트 파트너는 분명, 어딘가에서 당신을 기다리고 있을 것입니다.

 ## 실연은 새로운 출발점

모든 일에는 반드시 시작이 있으면 끝이 있는 법입니다. 그러므로 사랑했던 연인과 헤어지는 일도 자연의 법칙입니다.

사랑은 마음속의 가장 민감한 부분을 자극합니다. 그 사랑이 깨어지면 사람은 이성을 잃게 되게 마련입니다.

실연의 아픔을 치유해주고 고통스러운 기억을 잊게 해주는 가장 좋은 것은 시간입니다. 그러나 시간의 자연적 흐름을 기다리지 못하는 사람은 과감하게 생각을 바꿔야 합니다. 뒤에서 다시 설명 드리겠지만, 저는 낙천적인 사고를 주장하는 사람입니다.

'이번 사랑은 이루어지지 않았지만, 난 지금 괜찮아. 내일부터 다시 새로운 모습으로 새로운 만남을 기다려야지. 새로운 사랑을 시작할 거야.'

이렇게 긍정적으로 생각하십시오.

'그 사람에게는 내가 안 어울렸던 건지도 몰라. 만약 그렇다면 앞으로 나에게 더 잘 어울리는 사람이 분명 나타나겠지? 운명의 사람을 만날 수 있도록 좀더 나를 계발해야겠어.'

'이번 실연을 계기로 처음부터 다시 시작하는 거야. 모든 것을 새롭게 바꿔서 열심히 살아가야지.'

이미 끝나버린 사랑에 매달려 하루 하루를 보낸다면 새로운 사랑은 찾아오지 않습니다.

어쨌든 사랑에서 벗어나 잠시 휴식을 취하면서 새로운 취미를 찾아보는 것도 좋은 방법이라고 할 수 있습니다.

실연은 결코 비극이 아닙니다. 새로운 사랑을 시작하기 위한 출발점일 뿐입니다. 기운을 내시기 바랍니다.

실연은 새로운 사람과의 만남을 당신에게 주기 위해 온 것입니다. 그러니 실연은 새로운 출발점이라는 것을 잊지 마십시오.

50 과거에 얽매이지 말자

모두들 크건 작건 간에 실연을 경험하게 됩니다. 또 실연으로 받는 상처도 사람에 따라 다릅니다.

그러나 만약 상대방을 미워하고 있거나 미련을 갖고 있다면 빨리 그 마음을 버리십시오. 과거는 빨리 잊는 것이 좋습니다. 마음을 닫고 늘 어두운 표정으로 지낸다면 새로운 사랑은 당신 곁을 떠날지도 모릅니다. 그러니 지나간 일은 깨끗이 잊고 밝게 생활하십시오. 새로운 사랑이 당신을 기다리고 있습니다.

인간은 늘 발전해야 하는 존재입니다. 따라서 슬픔도 극복해낼 수 있어야 합니다. 인간은 살아 있는 이상 앞으로 전진해나가야 하는 것입니다.

미에코(美枝子) 씨는 아무리 노력해도 헤어진 남자친구를 잊을 수 없었습니다. 힘들어하는 그녀에게 많은 남성들이 데이트 신청을 해왔습니다. 하지만 미에코 씨는 어느 누구와 있어도 마음이 편하지 않았습니다.

- 그 사람은 이렇게 해줬는데…….
- 이 사람은 나에 대해 전혀 몰라. 그 사람은 나의 모든 것을 알고 이해해줬는데…….
- 오늘은 그 사람 생일인데…….
- 만난 지 100일 되는 날 그 사람이 해준 선물인데…….

그녀는 헤어진 옛 애인에 대한 그리움으로 하루 하루를 살아가고 있었습니다. 그녀처럼 끝까지 미련을 버리지 못하고 잃은 것과 지나가 버린 것에 집착하는 것은 어떤 의미에서는 현실도피라고도 할 수 있습니다.

저의 상담실을 찾은 그녀에게 저는 이런 조언을 해주었습니다.

"우선은 실연 당했다는 사실을 인정하도록 하세요. 그 사랑은 이미 끝난 겁니다. 당신은 지금도 마음속 어딘가에 옛 애인이 돌아올지도 모른다는 환상을 품고 있지는 않습니까? 하지만 그 사람이 다른 여성을 진심으로 사랑하고 있다면, 그가 당신에게 돌아올 가능성은 없습니다. 지금 당신에게 가장 중요한 게 뭘까요? 그것은 실연을 당했다는 사실을 먼저 인정하는 겁니다. 그리고 새로운 인생을 시작하시기 바랍니다."

우리 주변에도 그녀와 같이 옛 애인이나 과거에 집착하여 현실을 불행하게 살아가고 있는 사람들이 많습니다. 사람은 앞으로 나아가야 하는 존재입니다. 또 시간은 뒤로 흐르는 것이 아니라 앞을 향해 흐릅니다. 과거에 집착하는 것은 미련한 일입니다. 자신을 더욱 아프게 하고 힘들게 하는 일입니다. 그러니 당신이 지금 과거에 얽매여 살아간다면, 과감히 과거를 버리고 새롭게 시작하십시오.

새로운 사랑을 받아들일 준비를 하며 하루 하루 밝게 살아가는 것이 아름다운 모습입니다.

명심하십시오. 사랑은 기차와 같아서 사랑이 떠나면 분명 새로운 사랑이 다시 찾아온다는 것을 말입니다.

실연을 당했을 때는 강한 의지로 현실을 직시해야 합니다. 또한 밝은 마음으로 살아가는 것이 중요합니다.

51 실연 당할 수도 있다는 것

　세상에는 언제나 희극과 비극이 공존하고 있습니다. 당신이 남자친구와 데이트를 하고 있을 때, 그를 짝사랑하고 있는 여성이 밖에서 가슴앓이를 하고 있을지도 모릅니다.

　반대로 당신이 실연을 당하고 슬픔에 빠져 있을 때, 어떤 한 남성이 여러분에게 다가갈 준비를 하고 있을지 모릅니다. 그리고 그 사람이 바로 당신의 베스트 파트너가 될지도 모릅니다. 실연 당했다고 해서 인생이 다 끝나버린 것처럼 생각하지는 마십시오. 그것보다는 멋진 사람과의 만남이 다가오고 있다고 생각하십시오.

　나호(菜穗) 씨는 연애경험이 많은 여대생입니다. 그러나 지금까지 짝사랑만 하다가 늘 채이기만 했습니다. 용기를 내서 고백했다가 계속 거절만 당해왔던 것입니다. 그녀의 이야기는 친구들 사이에서도 유명해졌습니다.

　"또 채였어? 야, 넌 지겹지도 않나?"

이런 말이 인사처럼 쓰일 정도입니다.

그러나 나호 씨의 입장에서는 매번 진지한 마음으로 다가간 사랑이었습니다.

그러던 어느 날, 교내 매스컴 연구모임의 한 회원이 식당에서 나호 씨에게 말을 걸어왔습니다.

"저, 혹시 남자에게 자주 채이는 걸로 유명한 나호 씨 아닌가요? 지금까지 실연 당했던 이야기를 꼭 좀 듣고 싶은데요. 우리 모임에서 발행하는 학회지에 실을 예정이거든요."

처음에 그녀는 기분이 몹시 상했었습니다.

'저런 건방진 사람이 다 있어!'라는 생각에 무척 불쾌했던 것입니다. 그런데 요즘 시대에 이렇게 수도 없이 채이는 여대생도 있다는 것은 연구해볼 만한 것일 수도 있겠다는 생각이 들었습니다.

"나호 실연사(失戀史)라도 한번 엮어보지 그래?"

짓궂은 친구들로부터 이런 장난기 섞인 말을 자주 들어온 나호 씨는 자신의 실연 경력을 누군가가 정리하고 편집해준다면 글로 써봐도 괜찮을 것 같다는 생각이 들었던 것입니다.

학회지에 실린 나호 씨의 실연이야기는 학교 전체를 떠들썩하게 만들었고, 친구들 사이에서도 반응이 아주 좋았습니다. 솔직하게 쓰여진 그녀의 체험담이 학생 독자들에게 아주 신선하고 재미있게 읽혀졌던 것입니다. 나호 씨는 이런 생각을 하게 되었습니다.

'가슴 아픈 실연 이야기도 제3자에게 들려주면 재미있는 이야기가

된다는 걸 왜 몰랐을까? 참 신기해.'

그녀는 기사 마지막에 이렇게 적었습니다.

"앞으로도 기회가 있으면 계속 고백할 생각입니다. 채였다고 해서 기죽어 지낼 필요는 없으니까요."

그녀의 이름이 교내에 알려지게 되면서 나호 씨는 스타가 되었습니다. 그리고 나호 씨와 데이트를 하고 싶다는 남성들이 줄을 서기 시작했습니다.

실연이라는 부정적인 상황을 밝은 웃음으로 극복한 나호 씨의 용기가 사람들의 마음을 움직였던 것입니다.

실연을 당한 것은 부끄러운 일이 아닙니다.
다시 한번 도전해보십시오.
분명, 당신의 베스트 파트너가 있을 것입니다.

 ## 헤어진 이유를 생각하면 자신의 단점이 보인다

나는 어떤 성격이며, 어떤 식으로 사람들을 대해주고 있을까?

자신을 객관적으로 바라보는 것은 어려운 일입니다. 그러니 자신의 단점을 스스로 파악하는 것은 더욱 어렵습니다. 아니, 그보다 사람들은 자신의 단점을 인정하고 싶지 않아 합니다.

사랑은 자신의 심리나 성격을 파악할 수 있는 중요한 동기를 부여해 줍니다. 특히 애인과는 정신적 유대감이 강하기 때문에, 평소에 잘 느끼지 못했던 자신의 성격이 드러나는 경우가 많습니다.

게다가 애인은 가족이나 친구들이 지적해주지 않는 단점까지 지적해 주는 경우가 많습니다. 이것은 당신을 진정으로 아끼기 때문입니다.

애인이 당신의 단점을 진지하게 지적해주는 데도 불구하고 그의 말에 귀를 기울이지 않는다면 머지 않아 두 사람의 사랑은 끝나버리게될 것입니다.

다시 말해, 헤어진 이유 중에는 당신의 단점 때문인 것도 있습니다.

- 남의 말에 전혀 귀를 기울이려고 하지 않았다
- 애인에게서 아버지 상(像)을 찾으려고만 했다
- 먼저 양보하지 않았고, 상대방을 존중해주는 마음이 부족했다
- 가족과 친구들을 우선시했다
- 항상 약속을 안 지켰다
- 다른 남자친구와 데이트를 했다

이밖에도 여러 가지 이유가 있을 것입니다. 그리고 당신은 헤어진 이유를 생각해보는 동안에 당신의 단점을 하나둘 알아갈 것입니다.

'나도 모르는 사이에 그 사람이 나의 아버지 역할을 대신해주길 바랐었는지도 몰라. 그래서 자주 어린애같이 굴기도 했던 걸 거야. 그 사람도 남에게 의지하고 싶을 때나 응석을 부리고 싶을 때가 있었을텐데……. 그럴 때 그를 가장 편안하게 받아주어야 할 사람이 바로 나였을텐데, 전혀 생각도 못했어. 난 늘 내 생각만 했으니까…….'

'사회적 지위나 수입 등의 조건적인 부분만 지나치게 따졌던 것 같아. 그래서 그 사람의 좋은 점들을 몰랐던 거야.'

이처럼 자신의 단점을 알 수 있는 계기가 됩니다. 이때 상대방이 자신에게 해주었던 말들을 다시 기억해보는 것도 좋은 방법입니다.

"넌 항상 불평이 너무 심해. 난 너의 하소연을 들어주는 사람이 아니라구."

"난 너의 아버지가 아니야. 그렇게 모든 걸 다 받아줄 수는 없어."

상대방에게 들었던 말과 헤어진 이유를 천천히 생각해보면 자신의 단점을 알 수 있을 것입니다. 그런 단점을 극복하고 나면 보다 성숙된 사랑을 할 수 있을 것입니다.

사랑하는 사람과 싸웠거나 헤어졌다면, 그 사람이 당신에게 했던 말을 생각해보십시오.
그러면 당신이 무엇을 잘못했는지, 또 자신의 단점이 무엇인지 알게 될 것입니다.

53 실연의 횟수만큼 성숙해진다

실연은 가슴 아픈 일이기는 하지만 아주 소중한 경험입니다. 결혼한 뒤에는 짝사랑이나 실연 등은 경험하기 어렵습니다. 그러므로 결혼하기 전에 실연을 경험해보는 것도 그리 나쁘지는 않습니다.

애인과 헤어졌을 때 혼자서는 그 슬픔을 감당할 수가 없습니다. 대부분의 사람들은 누군가에게 상담을 하게 되는데, 카운슬링을 하고 있는 저의 상담실에도 많은 사람들이 문을 두드리고 있습니다.

이들은 평범한 위로의 말이나 조언을 듣기 위해 상담실을 찾는 것이 아닙니다. 그들은 다른 사람에게 자신의 이야기를 털어놓음으로써 정신적인 안정을 얻게 되고, 그럼으로써 새로운 사랑을 찾을 힘을 얻고자 합니다.

앞에서도 말씀드렸지만 실연에 가장 좋은 약은 시간입니다. 시간은 마음을 냉정하고 차분하게 만들어줍니다. 그러므로 시간이 지나면 결코 용서할 수 없었던 일도 용서할 수 있게 되고, 자기 자신에 대해서도 객관적으로 되돌아볼 수 있게 됩니다.

따라서 실연을 당해 아주 고통스러운 나날을 보내고 있다면 조용히 시간이 지나가기를 기다리십시오.

카즈요(和代) 씨는 오랫동안 사귀어온 남자친구와 얼마 전에 헤어졌습니다. 그 충격으로 실의에 빠져 모든 의욕을 상실해버렸습니다. 식욕도 잃고, 일어설 힘도 없을 만큼 기운을 잃었습니다. 쉬는 날에도 집에서 하루 종일 TV만 봅니다.

그런 생활이 3개월 동안 계속되던 어느 날 카즈요 씨는 잠시 밖에 나가 보고싶다는 생각이 들었습니다. 그래서 모처럼 영화를 보러갔습니다. 너무 오랜만에 본 영화라서 정말 재미있었습니다. 그리고 쇼핑도 했습니다.

3개월 동안 집 근처의 편의점에만 잠깐씩 다녀왔던 그녀였습니다. 그녀는 또 모처럼 옷가게에 들러 옷도 샀습니다. 그리고 밤에는 결혼한 친구의 집에서 지나간 이야기를 하며 아주 오랜만에 즐거운 시간을 보냈습니다.

"3개월 동안 외출도 안 하고 집에만 틀어박혀 지냈거든. 오랜만에 바깥세계를 접하니까 모든 게 자극적이고 신선하다. 매일 집에만 있을 때와는 달라. 게다가 이젠 날 구속하는 것도 없어서 얼마나 자유로운지 몰라. 그래, 맞아. 마음이 해방된 느낌이야. 전에는 정말 힘들었는데, 지금은 정말 행복해. 지금은 이 자유로운 시간을 만끽하고 싶어."

카즈요 씨는 밝고 힘차게 말했습니다.

시간은 모든 것을 지워주고 흘러갑니다. 인간의 감정까지도 멀리 가져갑니다. 물론 실연을 당했을 때는 무척 혼란스럽고 힘들었을 것입니다. 그러나 시간이 지나면 마음의 바다에도 고요함이 찾아오게 되고, 당신은 그 고요한 마음의 바다를 차분하게 즐기게 될 것입니다.

삶의 의미를 상실했을 때는 다음의 말을 떠올리시기 바랍니다.
'모든 것은 시간과 함께 사라진다.'
머피 박사의 말입니다.

54 사랑할 수 있었다는 사실에 감사하자

사유리(小百合) 씨는 7년이나 사귀어온 남자친구로부터 헤어지자는 말을 들었습니다.

"너무 오랫동안 사귄 것 같아요. 서로 많이 익숙해졌었나봐요. 언제부턴가 서로의 존재가 가치를 잃어가기 시작했죠. 그래서 최근에는 같이 있어도 즐겁지 않다는 생각을 하게 됐어요. 그런데 막상 헤어지자는 말을 들으니까 왠지 서글퍼졌어요. 서로에 대해 이렇게 잘 알고 있는데, 왜 헤어지자고 하는 건지 모르겠어요."

사유리 씨는 울먹이며 이야기를 들려주었습니다. 하지만 두 사람의 관계는 이미 한계에 달한 상태였습니다. 또 그녀 자신도 헤어지게 될 것을 예상하고 있었던 것 같았습니다. 그래서 저는 이런 조언을 해주었습니다.

"사유리 씨, 우선은 사랑할 수 있었다는 것에 감사하세요. 7년간이나 사귀어온 두 사람이 헤어지게 된 건 정말 안 된 일입니다. 헤어진 데는 뭔가 커다란 의미가 있는 건지도 몰라요. 아니면 또 다른 운명적인 사랑이 기다리고 있을지도 모릅니다. 당신은 7년 동안 한 사람을 만나면서 여러 가지를 경험하고 배울 수 있었을 것입니다. 그것을 앞으로의 생활과 새로 경험하게 될 사랑에 활용해보세요. 당신은 여러 가지를 경험할 수 있었으니 행복하신 겁니다."

실연 역시 인생에서 경험하게 되는 커다란 은혜 중의 하나입니다. 힘들고 고통스러운 일을 겪어본 사람은 아무것도 경험해보지 못한 사람보다 훨씬 성숙합니다. 특히 사유리 씨는 7년간이나 남자친구를 사귀었기 때문에 그 동안의 경험은 아주 소중한 재산입니다.

"글쎄요. 그 사람과 결혼까지 성공했다고 해도 행복하지 않았을지도 몰라요. 좀더 다양한 사람들을 만나 여러 가지 경험을 해본 뒤에 결혼해도 늦지 않을텐데 말이에요."

사랑을 하는 동안에는 모든 세계가 상대방에 대한 생각으로 꼭 차 있기 때문에 다른 것에 소홀해지기 쉽습니다. 하지만 사랑을 경험하고 다시 혼자가 되었을 때는 눈에 비치는 모든 것이 이전과는 분명 다르게 보일 것입니다.

사랑을 하고 있는 시간과 그렇지 않은 시간, 그리고 이미 끝나버린 시간 모두 소중히 여기며 살아가시기 바랍니다.

어떤 사랑이든 '사랑할 수 있어서 좋았다'라는 생각으로 감사하도록 하십시오. 사랑을 못 해본 사람보다 힘들고 아프더라도 사랑을 해본 사람이 더 아름다운 사람입니다.

사랑하는 사람은 찾고 싶다고 해서 찾을 수 있는 것이 아닙니다. 사랑하는 사람이 있다는 사실만으로도 멋진 일이며 귀중한 추억이 될 수 있으니 사랑할 수 있었다는 것에 진심으로 감사하시기 바랍니다.

머피 박사는 이렇게 말했습니다.
"하루에 한 번씩 현재 자신이 누리고 있는 모든 것에 대해 감사하십시오. 그러면 신의 은혜가 당신 곁에 계속 머무를 것입니다."

제3장

운명의 사람과 맺어지려면

55 환경을 바꿔보자

카즈미(一美) 씨는 입사동기인 남성과 사귀고 있습니다. 두 사람은 대학을 졸업하자마자 입사해서 연수도 함께 받았고, 지금까지 함께 해 온 사이입니다. 입사동기라서 그런지 마음도 아주 잘 맞았습니다.

신입사원 연수기간에 친해진 두 사람은 자연스럽게 연인 사이가 되었습니다. 그리고 반 년 후, 그들은 서로 다른 부서로 배치를 받았습니다.

카즈미 씨는 총무부로, 그리고 그는 남자 신입사원의 등용문이라고 할 수 있는 영업부로 발령을 받았습니다. 영업부는 일이 엄격하기로 소문난 부서입니다.

갑자기 두 사람의 생활은 엇갈리기 시작했습니다. 그는 8시에 업무를 마치고 9시부터 접대와 회식자리에 가야했습니다. 그 때문에 새벽이 다 되어서야 집에 오고는 했습니다.

그는 카즈미 씨에게 전화 걸 시간이 없을 정도로 바빴습니다. 일요일에도 접대골프 및 단골고객들과의 단합대회가 있었습니다. 그러다 보니 카즈미 씨를 만나지 못하는 시간이 점점 늘어갔습니다. 그러자 카즈미 씨는 이런 생각을 하게 되었습니다.

'그 사람, 이젠 나보다 일이 더 중요한 가봐.'

그녀는 헤어지고 싶다는 내용의 편지를 보내기로 했습니다.

"우리 이제 그만 만나는 게 좋을 것 같아."

그러나 그녀는 이런 편지를 쓴 것을 나중에 후회하게 되었습니다. 그 사람에게는 지금이 신입사원으로서 가장 바쁘고 힘든 시기였습니다. 지금 얼마나 열심히 하느냐에 따라 앞으로 어떤 부서로 배치될 것인지, 혹은 승진할 수 있는지가 정해지기 때문입니다.

저의 상담실에 찾아온 카즈미 씨는 이렇게 말했습니다.

"하지만 어쨌든 저와 그 사람은 거의 만날 수 없게 됐어요. 일요일에도 만날 수 없다면 더 이상 사귄다고 할 수가 없죠. 만약 그 사람이 예전의 관계를 회복하길 원한다고 해도 지금과 크게 달라지지 않을 거예요. 결과는 불 보듯 뻔하잖아요. 어떻게 해야 좋을지 모르겠어요."

저는 이런 제안을 했습니다.

"카즈미 씨도 아주 바쁘게 생활해보는 건 어떨까요? 예를 들어 그 사람처럼 밤늦게까지 일을 해보는 건 어때요? 그럼 남자친구의 바쁜 심정도 이해할 수 있게 될 겁니다. 정말 바쁘면 외로움을 느낄 시간도 없어지거든요. 꼭 회사 일이 아니더라도 열중할 수 있는 취미활동을 해보세요."

그 후 카즈미 씨는 업무 이동 신청을 해서 다른 부서로 갔고, 전에 비해 많이 바빠졌지만 즐거운 마음으로 열심히 일하고 있다고 합니다.

그 사람도 열심히 일하는 카즈미 씨의 모습을 보고 감동했는지 그녀에게 먼저 말을 걸어왔다고 합니다. 이렇게 해서 두 사람은 다시 연인으로 돌아갈 수 있었습니다.

현재 처해 있는 상황이 견디기 힘들다면 한번 환경을 바꾸어보십시오. 그 동안 하지 못했던 일도 해보고, 새로운 것에 도전해보면 새로운 에너지가 생길 것입니다.

2인 3각 경기는 두 명이 보조를 맞춰서 달리는 경기입니다. 이 경기는 상대방에게 모든 걸 맡긴 상태에서는 절대 달릴 수 없습니다. 혼자서도 확실하게 설 수 있어야 두 사람이 함께 호흡을 맞춰 달릴 수 있습니다. 이런 커플이 가장 이상적인 커플입니다.

56 무관심한 척 행동해보자

심리학 용어에 역전(逆轉)의 법칙이라는 것이 있습니다. 한마디로 말하면, 상대방을 설득시키려고 노력하면 할수록 역효과가 나타난다는 것입니다.

이미 헤어진 사람에게 미련을 버리지 못하고 계속 쫓아다니면 상대방은 질려버릴 것입니다. 다시 예전의 연인관계로 돌아가고 싶다고 해서 지나칠 정도로 상대방에게 집착하면 역효과를 가져옵니다.

마사코(眞子) 씨는 헤어진 남자친구와 다시 관계를 회복하고 싶었습니다.

그와 헤어진 것은 6개월 전 봄이었습니다. 그와 헤어지고 나서 오랫동안 많이 힘들어했지만 어떻게든 실연의 아픔을 잊기 위해 새 남자친구를 사귀었습니다.

새 남자친구는 부인과 아들이 있는 회사의 선배였습니다. 실연으로 모든 의욕을 상실한 그녀에게 선배의 위로는 따뜻하게 느껴졌었습니다. 그러던 어느 날 몰래 숨어서 만나는 것이 싫었던 그녀는 먼저 헤어지자고 했습니다.

마사코 씨는 옛 예인이 더욱 보고싶었습니다. 하지만 그와 다시 좋은 관계로 돌아간다는 것은 불가능했습니다. 계속 설득하려 들면 틀림없이 달아나버릴 것입니다.

마음이 초조해진 마사코 씨는 한 걸음 뒤로 물러나보기로 했습니다. 앞으로 한동안은 그 사람 생각을 하지 않기로 했습니다. 그대신 친구들과 놀러다니기도 하고 다른 남자친구들과 술을 마시기도 하면서 자유롭게 시간을 보냈습니다.

그리고 헤어진 지 6개월 정도 지나서 아무 생각 없이 그에게 전화를 걸어보았습니다.

"그 동안 어떻게 지냈어?"

그 사람 생각만 하며 지냈다는 내색은 전혀 하지 않고, 활기찬 목소리로 물어보았습니다. 마사코 씨의 밝은 목소리를 듣고 그는 좀 실망을 했던 모양입니다.

"난 네가 금방 의욕을 잃고 끙끙 앓아 누웠을 줄 알았어. 너의 여린 성격상 아주 힘들어하고 있을 줄 알았더니 의외로 잘 지내서 좀 놀라운데! 나와 헤어진 걸 조금은 후회하고 있지 않을까 했는데 말이야."

그가 웃으며 말했습니다.

"난 잘 지내. 오랜만에 네 목소리를 들으니까 한번 만나고 싶은데?"

"나도 그래. 이번 주 일요일에 시간 있어?"

사실 마사코 씨는 그를 다시 만날 수 있기를 간절히 바랐습니다. 하지만 아무렇지도 않은 듯 말을 꺼냈습니다. 그녀의 작전은 아주 성공적이었습니다. 그가 만나자는 말을 먼저 꺼냈으니까요.

이렇게 해서 두 사람은 반 년 만에 다시 만나서 서로 연락을 주고받게 되었습니다. 무턱대고 "우리 다시 시작하자!"하며 밀어붙이지 말고 태연한 척 행동하면서 상대방의 마음을 사로잡는 것입니다.

 연애에 있어서는 내가 먼저 데이트를 신청하는 것이 아니라 상대방이 나에게 데이트를 신청하도록 만들어야 합니다.

 ## 운명의 사람과는 반드시 이루어진다

"그 사람이 나의 운명의 사람일거라 생각했는데……."

틀림없는 운명의 사람일 거라고 생각했는데, 예상과는 달리 잘 풀려지지 않거나 헤어져버리게 되는 사람들이 많습니다. 하나님의 실수일까요? 아니, 저는 그렇게 생각하지 않습니다. 진짜 운명의 사람을 만났다면 아무리 헤어지려고 해도 헤어질 수 없습니다. 서로 잘 되어가지 않거나 헤어지게 되었다면, 그건 상대방이 운명의 사람이 아니기 때문입니다.

에이코(英子) 씨는 헤어진 지 2년이나 된 남자친구와 다시 만나게 되었다고 합니다. 그 동안 각자 다른 사람을 좋아하게 되었고, 물론 사귀었다고 합니다. 다음은 에이코 씨의 말입니다.

"그렇다고 해서 헤어져 있는 동안 그 사람 생각을 계속 했던 것도 아니에요. 아마 그 사람도 그랬을 거예요. 하지만 그가 정말 나의 운명의 사람이라면 무슨 일이 있어도 틀림 없이 다시 만나게 될 거라고 믿었어요. 만약 일시적으로 헤어지는 일이 있더라도 다시 만나 사귀게 되지 않을까 하는 생각이 들었거든요. 그렇지 않으면, 그가 운명의 사람이 아니었다는 말이 되겠죠. 전 모든 걸 운명에 맡겼어요.”

남녀관계는 전혀 예상하지 못한 방향으로 많이 흐릅니다. 예를 들어 어느 순간 상대방이 싫어졌다가도 금세 마음이 변해 다시 좋아지게 되는 경우가 있습니다. 자신도 모르는 사이에 상대방을 아주 많이 좋아하게 됐을지도 모르는 것입니다.

물론 그 반대의 경우도 있습니다. 그러나 운명의 사람과는 반드시 맺어집니다.

머피 박사는 말합니다.

“어떤 사람도, 어떤 조건도 사랑하는 두 사람을 갈라놓을 수는 없습니다. 사랑은 무엇으로도 자를 수 없는 단단한 쇠사슬로 연결되어 있기 때문입니다.”

자신은 운명의 사람이라고 생각하고 있었는데, 어떤 계기로 결국 헤어지게 되었다면 대개는 그 사실을 받아들이지 못하고 큰 혼란에 빠져버립니다.

그러나 정말 인연인 사람은 에이코 씨처럼 몇 년 후에 다시 만나게 되기도 합니다. 그러므로 만약 사랑하는 사람과 헤어지더라도 그 사람이 정말 당신의 운명의 사람이라면 언젠가는 만나게 될 것입니다.

단, 분명한 사실은 운명의 커플이 다시 만나게 되었을 경우에는 어느 누구도 그들을 갈라놓을 수 없다는 것입니다. 운명에 몸을 맡긴 채 자신이 할 수 있는 일에 최선을 다하는 것이, 운명의 사람을 만날 수 있는 가장 빠른 지름길인지도 모릅니다.

아직 운명의 사람을 못 만났다고 해서 걱정할 필요는 없습니다. 오십 살이 넘어서 운명의 사람을 만나게 될지도 모르니까요.

58 해피앤드를 그려보자

당신은 자신이 생각한 대로의 인생을 살아가고 있습니다.

"그런 엉터리가 어딨어요? 그게 사실이라면 인생이 이렇게 힘들진 않을걸요!"

당신도 이렇게 생각하고 계십니까? 만약 그렇다면 당신이 생각한 대로 인생이 전개되어 갈 것입니다. 인생은 마음의 법칙대로 움직이기 때문입니다.

따라서 당신이 100%의 완전한 행복을 진심으로 마음에 그리고 있다면, 당신은 반드시 행복한 인생을 만들어나갈 수 있을 것입니다. 반대로 언제나 비극적인 결과만을 상상한다면, 그 사람은 마음속에 늘 비극적인 시나리오를 쓰고 있다고 할 수 있습니다. 이런 사람들은 실제 인생의 무대 위에서 비극을 연기할 수밖에 없을 것입니다.

"어떤 어려운 문제에 직면하게 되더라도 결과적으로는 행복한 결말을 맞이하게 될 거라고 믿으시기 바랍니다. 그러면 잠재의식이 행복한 결말을 실현시켜줄 것입니다.”

머피 박사는 이와 같이 말하고 있습니다.

“어차피 그 사람과는 잘 안 될텐데, 뭐.”

“그 사람과 잘 될 리가 없어.”

이런 생각을 해서는 안 됩니다. 잘 될지 안 될지는 두고봐야 아는 것이니까요.

“분명히 잘 될 거야.”

항상 자신감 있게 생각하고 자신을 믿으시기 바랍니다. 또 언제나 행복한 결말을 그려보십시오.

“다른 사람을 다시 만난다고 해서 잘 된다는 보장도 없잖아. 같은 일을 반복하긴 싫어.”

이런 생각으로 해보지도 않고 새로운 만남을 포기할 필요는 없습니다.

어떤 원인으로 인해 오해가 생겨서 헤어지게 되었다고 해도 잘 되길 바라는 마음만 있다면 다시 이전의 관계로 돌아갈 수 있을지도 모릅니다. 중요한 건 마음의 문제입니다. 그리고 다시 관계가 회복된다면 두 사람은 행복한 결말을 맺을 수 있을 것입니다.

사야카 씨는 고등학교 때 담임 선생님을 좋아하게 되었습니다. 선생님도 그녀를 좋아했습니다. 교사와 제자의 커플이었던 것입니다.

그러나 일반적으로 선생님과 학생간의 사랑은 금지되어 있습니다. 그래서 두 사람은 조심스럽게 만날 수밖에 없었습니다. 처음 얼마 동안은 몰래 만날 수 있었지만 두 사람의 밀회도 몇몇 학생들에게 알려졌고, 결국 학교 전체에 소문이 돌게 되었습니다.

두 사람이 동거한다는 소문으로까지 확대되면서 학교 전체가 술렁이기 시작했습니다. 상황이 이렇게 되자 두 집안과 주위 사람들 모두 그녀에게 냉정하게 잘 판단하라고 충고했습니다. 그러나 주위의 반대와는 상관 없이 두 사람은 계속 만났습니다.

그러다 학교측과 학부형회까지 들고 일어나서 두 사람 사이를 억지로 갈라놓고 말았습니다. 사야카 씨는 하루 하루를 울면서 보냈습니다. 하지만 그녀는 다음과 같은 생각을 하게 되었습니다.

'고등학교를 졸업하면 선생님과 학생이라는 관계도 없어지겠지. 더이상 남의 시선을 의식할 필요도 없고 정정당당하게 만날 수 있게 될 거야. 그날을 기다리자. 그리고 앞으로 열심히 공부해서 학교에 퍼진 이상한 소문도 없애버리자.'

이런 각오로 공부에만 몰두했던 사야카 씨는 국립 H대학에 합격할 수 있었습니다. 그녀의 고등학교에서는 지금까지 한 명의 합격자도 배출된 적이 없는 일류 대학이었습니다.

문제아 취급을 받던 그녀가 이제는 고교 창립 이래의 쾌거라는 소리를 들으며 학교의 영웅으로 떠오르게 된 것입니다. 선생님을 비롯해서 친구들과 가족 모두가 진심으로 축하해주었습니다.

"사야카가 판단을 아주 잘 했어. 그 선생님과 헤어지고 나서 열심히 공부한 덕분에 대학에 합격할 수 있었던 거야. 정말 잘 됐어."

주변 사람들은 입을 모아 이렇게 말했습니다. 물론 틀린 말은 아니지만 사야카 씨의 생각은 조금 달랐습니다.

'그래. 내가 공부에 전념할 수 있었던 건 모두 선생님 덕분이야. 선생님 때문에 열심히 할 수 있었어.'

그리고 어느 날 선생님과 연인 사이라고 당당하게 말했습니다. 주위 사람들 모두 놀라움을 금치 못했지만 두 사람 사이를 반대하는 사람은 아무도 없었습니다.

이제는 '선생님과 사랑에 빠진 학생은 명문 대학에 합격할 수 있다'라는 말까지 생겼습니다. 어쨌든 사야카 씨의 적극적인 자세와 긍정적인 생각과 반드시 행복해질 수 있다는 확신에 가까운 신념, 그리고 마지막으로 그런 신념을 바탕으로 한 노력은 본받을 만하다고 할 수 있습니다.

"내 이름은 행복 그 자체입니다."
W · 브레이크의 시에 나와 있는 구절입니다.

 ## 여러 명의 친구들과 함께 만나자

헤어진 옛 애인과 어딘가에서 우연히 마주쳤다고 합시다.

서로 마음속으로 '앗!'하고 놀라겠지만 대부분 즉시 시선을 거두어버리거나 서둘러 그 자리를 피할 것입니다. 이것은 일종의 부끄러움 때문이라고 할 수 있는데, 어쨌든 이는 어색하기 때문에 생깁니다. 하지만 어색하다고 모른 척하는 게 최선일 수는 없습니다.

헤어진 애인과 다시 만난다면, 대화는 물론 잘 이루어지지 않습니다. 혹 말이 오고간다고 해도 서로 어색해질 뿐입니다. 따라서 하고 싶은 말은 거의 못하고 차만 마시는 어색한 상황이 되기 쉽습니다.

만약 헤어진 애인과 만날 기회가 생긴다면 가능한 한 술자리처럼 왁자지껄하고 다같이 어울릴 수 있는 자리에서 친구들과 함께 만나는 것이 좋습니다.

동창회에서 다시 만나 사귀게 되는 커플이 많습니다. 많은 이들이 모이는 자리에서는 서로 어색해하지 않고도 자연스럽게 어울릴 수 있기 때문입니다.

사람은 누구나 즐겁고 편안한 상황에서는 거리낌 없이 이야기를 잘할 수 있게 된다고 합니다. 그러니 헤어진 애인과 다시 만나고 싶다면 사람들이 많이 모인 자리에서 만나십시오. 그러면 자연스럽게 이야기를 할 수 있을 것입니다.

치카코(千賀子) 씨의 전 애인은 프리랜서로 활동하는 언더그라운드 그룹의 멤버였습니다. 두 사람은 치카코 씨가 스무 살 때 처음 사귀기 시작해서 올해로 벌써 5년째에 접어들었습니다. 대학 때는 틀에 얽매이지 않고 자신이 좋아하는 일에 열중하며 살아가는 남자친구가 멋있었지만, 25세가 되자 장래가 걱정되기 시작했습니다.

대부분의 친구들은 결혼을 전제로 사귀고 있고, 이미 결혼해서 착실하게 생활해나가고 있었습니다. 물론 약혼한 상태에서 순조롭게 결혼 자금을 모으고 있는 친구들도 있었습니다.

치카코 씨의 남자친구는 모아놓은 돈도 없는 데다 취업할 생각은 조금도 없었습니다.

'이러다가는 결혼도 못하고 계속 나이만 먹고 말겠어.'

치카코 씨는 조금씩 초조해지기 시작했습니다. 그래서 그녀는 결혼과 생활능력에 대해 남자친구를 다그치며 여러 차례 진지하게 이야기를 해보았습니다. 그러나 결과적으로 두 사람은 헤어지고 말았습니다. 그는 치카코 씨의 기분을 전혀 이해해주려 하지 않았습니다. 이별은 당연한 결과였던 것입니다.

그런데 그 후 친구들이 준비한 모임에서 두 사람은 다시 만나게 되었습니다. 물론 처음에는 눈도 마주치려고 하지 않았습니다. 하지만 그 자리에 모인 친구들이 그들을 가만두지 않았습니다.

"뭐야? 둘이 정말 헤어진 거야? 이 바보야, 치카코처럼 괜찮은 사람이 어디 있냐?"

그리고 치카코 씨의 기분을 맞춰주며 다시 한번 잘 생각해볼 것을 권했습니다. 오랜만에 모인 자리라서 다들 술도 기분 좋게 마신 상태였습니다. 감정적으로도 솔직해진 그는 친구들의 충고에 귀를 기울여보았습니다. 그리고 치카코 씨에게 웃는 얼굴로 지금까지의 일을 사과했습니다.

"너만 괜찮다면 다시 잘 해보고 싶은데, 어때?"

박수가 터져나왔고 두 사람은 마치 결혼식이라도 하는 것처럼 모두의 축복을 받았습니다.

둘만 있을 때는 서로 자존심만 세우다보니 솔직해지기 힘들지만, 다른 친구들이 함께 있는 자리에서는 마음도 편해지고 좀더 적극적으로 의사표현을 할 수 있습니다. 또한 친구들의 격려에 힘입어 보다 강한 용기를 발휘할 수 있습니다.

사랑을 고백하기가 쉽지 않을 때는 주변 사람들의 도움을 받아보는 것이 좋습니다.

60 떨어져 있는 시간을 효과적으로 이용하자

사귄 지 오래된 커플 중에는 헤어졌다가 다시 사귀게 되는, 이른바 냉각기간을 거친 커플이 많습니다.

쿠니코(邦子) 씨는 30세의 캐리어 우먼으로서 벌써 7년째 사귀고 있는 남자친구가 있습니다. 그는 빨리 결혼하기를 원하지만, 쿠니코 씨는 일에 한창 재미를 느끼고 있는 상태라서 아직은 결혼할 생각이 없습니다.

더 이상 기다릴 수 없다고 판단한 그가 어느 날 이런 말을 했습니다.

"결혼하지 않을 생각이라면, 우리 그만 헤어지자."

"그래. 난 아직 결혼할 생각은 없어. 지금 하고 있는 일이 내게는 너무 소중해. 결혼해서 아기 낳고 살림하는 것보다는 지금의 내 일을 하면서 보람도 느끼고 인정도 받고 싶어."

그래서 그녀는 헤어지기로 했습니다. 그리고 두 사람은 더 이상 연락을 하지 않았습니다.

쿠니코 씨는 그와 헤어지고 나자, 주말에는 특별히 할 일이 없다는 걸 알게 되었습니다. 또한 지금까지 그가 정신적으로 많은 힘이 되어 주었기 때문에 일도 열심히 할 수 있었다는 것을 깨달았습니다.

쿠니코 씨는 그와 헤어진 것을 후회했습니다.

하지만 그 사람과 화해해서 다시 사귀게 된다고 해도 잘 할 수 있을 거라는 확신이 서지 않았습니다. 무엇보다 자기 자신이 그의 든든한 정신적 후원자가 될 만큼 성장하지 않았다는 것을 알았습니다. 그래서 그녀는 그를 다시 만나도 자신의 부족함 때문에 또 헤어지게 될 것이라고 생각했습니다.

쿠니코 씨는 우선 일을 줄이고 퇴근 후의 시간을 이용해서 심리치료에 도움을 주는 세미나와 강연회에 나갔습니다. 아로마테라피에 대한 공부를 비롯해서 영화와 그림, 사진 등의 전시회도 보러다녔습니다.

몇 개월 후, 그녀는 어떤 일을 계기로 그와 연락할 기회를 갖게 되었습니다. 그를 다시 만나게 된 쿠니코 씨는 더 이상 예전처럼 일에만 매달리는 캐리어 우먼이 아니었습니다.

또 그는 쿠니코 씨와 떨어져 있는 동안 결혼한 친구들과 자주 술을 마시면서 결혼생활이 생각만큼 쉽지 않다는 이야기들을 듣게 되었습니다. 그 후 그는 쿠니코 씨 앞에서는 더 이상 결혼 이야기를 꺼내지 않았습니다.

이렇게 해서 두 사람은 결혼에 구애받지 않고 함께 있는 시간을 자유롭게 즐길 수 있게 되었습니다.

이렇게 어중간한 태도로 관계를 유지하는 것보다는 일단 헤어지는 것이 나을 경우도 있습니다.

떨어져 있는 동안 정신적으로 더욱 성장해서 다시 만났을 때는 보다 더 성숙한 사랑을 할 수 있는 기회를 갖는 것이 중요합니다.

헤어져 있는 시간을 잘 활용한다면, 다시 만났을 때 서로를 보다 더 잘 이해할 수 있게 됩니다.

6ㄱ 편지나 엽서를 보내자

　요즘은 인터넷과 E메일의 보급으로 편지나 엽서를 쓸 기회가 많이 줄었습니다. 그러나 편지나 엽서에는 인터넷과 E메일에서는 느낄 수 없는 매력이 많이 들어 있습니다. 사랑은 마음과 마음이 서로 맞닿는 것입니다. 그러므로 직접 손으로 쓴 편지나 엽서가 서로의 마음을 더욱 친밀하게 전달해준다고 할 수 있습니다.

　그 사람 특유의 표현법이나 글씨체 등은 기계로는 결코 표현할 수 없습니다. 또한 편지지와 봉투의 모양 및 엽서의 도안에는 그것을 고른 사람의 감각이 드러납니다. 또 받은 사람이 "역시 그 사람다워."하며 웃어준다면 편지 쓰는 게 더욱 즐거워질 것입니다.

　일반적으로 여행지에서 느끼는 생생한 감동은 그림엽서에 담아보내는 것이 좋습니다. 또한 미술관이나 박물관에 갈 기회가 있을 때에는 그곳에 전시되어 있는 그림이나 조각이 담긴 엽서를 사보는 게 좋습니다. 그리고 근처 커피숍에서 차를 마시면서 관람을 하고 난 감상을 적어서 보내보시기 바랍니다.

언제든지 엽서를 보낼 수 있도록 깨끗한 우표를 다이어리에 넣어 가지고 다니는 것도 좋습니다. 그림이나 사진, 그리고 글을 통해서도 우아하고 차분한 분위기가 상대방에게 전달될 수 있는 것입니다.

우선 편지를 받게 될 사람의 기분을 생각해보십시오. 누구나 편지를 받으면 기분이 좋아집니다. 우편함에 다이렉트 메일이나 광고 전단지, 청구서들만 들어 있다면 얼마나 쓸쓸할까요. 애인을 비롯한 친한 사람들이 보낸 편지가 우편함에 가득 들어 있다면 마음이 편안하고 즐거워질 것입니다.

편지를 쓰는 것이 귀찮은 사람도 상관없습니다. 그날 갔었던 곳에서의 느낌을 다음과 같이 적어보십시오.

"생각해보니까 전에 당신도 이곳에 와보고 싶다고 했었죠? 괜찮다면 다음엔 꼭 함께 오도록 해요."

"지난번에 우리 함께 피카소의 그림을 보러간 적이 있었죠? 그때는 당신이랑 함께였는데 오늘은 나 혼자 왔네요."

이처럼 상대방과의 추억을 떠올리며 그림엽서에 상대방을 연결시켜 자연스럽게 글을 써보는 겁니다. 일방적으로 자기 이야기만 쓰지 말고 상대방도 자연스럽게 포함시켜 보도록 하세요. 그리고 '다음엔 같이 가고 싶다'라고 권유해보면 더욱 좋습니다.

이처럼 편지나 엽서에 자신의 감정을 적어봄으로써 평소 보여주지 않았던 당신의 마음을 표현해보십시오. 어쨌든 감정표현과 생각을 전달하는 방법을 몇 가지 알고 있는 것이 좋습니다.

말하기 어려운 것을 편지로는 표현할 수 있습니다. 여러 가지 방법으로 표현할 수 있다면, 더욱 풍요로운 사랑을 할 수 있게 될 것입니다.

편지나 엽서를 써보세요.

당신의 마음을 더 잘 표현할 수 있을 것입니다.

62 불안한 상상은 금물

사람들은 사랑하면 할수록 점점 더 불안함을 느낍니다.

"우리 사이가 이대로 계속 유지될 수 있을까?"

사랑은 깨지거나 변하기 쉽기 때문에 현재의 행복을 오래도록 누릴 수 있다고 자신 있게 말할 수 있는 사람은 많지 않을 것입니다. 그러나 될 수 있는 한 부정적인 감정이나 생각은 버리십시오. 실제로 그렇게 되어버릴지도 모르니까요.

머피 박사의 말입니다.

"불안과 걱정은 현실에 일어나지도 않은 일을 생각하며 고민할 때 생깁니다. 그것은 당신의 생명력을 소모시킬 뿐 당신에게 아무런 도움도 되지 않습니다."

아이코(愛子) 씨는 일년 내내 불안한 마음으로 살아갑니다. 그녀는 무슨 일이든 항상 나쁜 쪽으로 생각해버리는 경향이 있습니다.

아이코 씨에게는 사랑하는 사람이 있는데, 그는 일주일에 한 번 나가는 영어회화학원의 미나미(南)라는 선생님입니다.

선생님은 미남인 데다가 친절하기도 해서 다른 학생들에게도 인기가 많습니다. 이것은 아이코 씨의 라이벌이 많다는 뜻입니다.

'선생님의 관심을 얻는 건 무리야. 난 예쁘지도 않고 멋쟁이도 아니거든. 나한테는 눈길도 안 주실 거야.'

아이코 씨는 처음부터 선생님과의 사랑을 포기했습니다. 그래서 수업이 끝난 후 가끔 모이는 술자리에도 가지 않았고, 먼저 선생님에게 말을 거는 일도 없었습니다.

미나미 선생님은 얌전하고 소극적인 성격의 아이코 씨를 많이 걱정하고 있었습니다. 그래서 다른 학생에게 솔직하게 마음을 털어놓았습니다.

"아이코 씨가 왠지 나를 싫어하는 것 같다. 먼저 말을 거는 적도 없고 내가 먼저 말을 시키면 싫어하는 것 같거든. 눈도 안 마주치려고 하고 수업이 끝나면 그냥 돌아가버리고. 이야기라도 한번 해보고 싶은데 말이야."

아이코 씨는 비관적이고 매사에 자신이 없었습니다. 늘 소극적인 태도로 달아나려고만 할 뿐입니다. 계속 이러다가는 미나미 선생님의 호의도 눈치챌 수 없게 될텐데 말입니다.

아이코 씨와 같이 대부분의 사람들은 부정적인 쪽으로 생각을 몰아가고는 합니다. 중요한 것은, 그런 생각들이 실제 부정적인 결과나 실현을 초래한다는 것입니다.

어느 날 학원 친구가 그녀에게 차를 마시자고 했습니다. 친구는 늘 자신 없어 하고 비관적인 아이코 씨에게 이렇게 말했습니다.

"아이코! 고개 들고 나 좀 봐. 얼굴이 안 보이잖아! 머리도 좀 단정하게 묶어봐! 넌 왜 그렇게 고개를 숙이고 다니는 거야? 좀 활짝 웃어봐. 매일 웃지도 않고 말도 잘 안 하고……. 이제 고개를 들고 다니라구. 네가 자꾸 그러니까 사람들이 너와 친해지지 못하는 거야."

친구의 갑작스런 요구에 아이코 씨는 당황해하며 시키는 대로 머리도 묶고 웃어보았습니다.

"어머? 너 이렇게 예뻤니? 늘 말도 없고 고개를 숙이고 다니니까 전혀 몰랐잖아. 정말 예쁜데? 미나미 선생님이 관심을 가질 만도 하다. 이제는 예쁘게 하고 다녀. 훨씬 예쁘다."

무슨 말인지 전혀 모르겠다는 얼굴을 하고 있는 아이코 씨에게 친구가 알아듣기 쉽게 설명해주었습니다.

"선생님은 너와 이야기하고 싶은데, 네가 그렇게 고개만 푹 숙이고 다니니까 다가갈 수가 없다고 하시더라. 선생님하고 얘기 좀 해봐. 선생님은 너에게 관심이 아주 많으신 것 같더라."

아이코 씨는 깜짝 놀랐습니다. 믿을 수 없었습니다.

'그, 그럴 리가!'

이 세상에는 아이코 씨 같은 사람들이 아주 많습니다. 부정적인 생각은 하지 말고 항상 자신감을 갖고 생활하시기 바랍니다.

당신이 사랑하고 있는 사람 역시 당신을 사랑하고 있었다면, 말로 표현하기 힘들 정도로 당신은 행복할 것입니다. 그러나 당신의 소극적이고 자신없어 하는 태도 때문에 그가 혹은 그녀가 당신에게 다가가지 못한다면, 그래서 결국 당신의 곁을 떠나게 된다면 당신은 너무 슬플 것입니다.

이처럼 모든 것은 마음먹기에 달려 있습니다.

또 연애에서는 쓸데없는 상상은 금물입니다. 어쩜 상대방은 당신을 사랑하고 있을지도 모릅니다. 그런데 당신은 '나를 사랑하지 않아.'라고 생각하며 괴로워합니다. 이것은 마음과 생각이 만들어낸 불안입니다. 이런 불안은 자신감이 없기 때문에 생기는 것입니다.

쓸데없는 상상과 불안은 당신이 사랑하는 사람을 영원히 만나지 못하게 만들 수도 있습니다. 긍정적으로 생각하고 자신감과 용기를 가지시기 바랍니다.

머피 박사는 말합니다.
"공포란 당신의 마음속에 있는 부정적인 생각에 지나지 않습니다. 지금 당장 긍정적인 생각으로 바꾸십시오."

63 꿈이나 소원을 적어보자

"그이와 이런 곳에 가보고 싶어."

"잡지에 실린 근사한 레스토랑에서 함께 식사하고 싶어."

위와 같은 꿈을 가진 사람은 그 꿈을 노트에 적어보시기 바랍니다.

"노트에 적어서 뭐하게요?"

이런 의문은 버리시기 바랍니다.

꿈을 글로 적는 것뿐만 아니라 머릿속에 떠오르는 이미지를 시각화해서 그려보는 것도 좋습니다. 가보고 싶은 장소의 사진을 방이나 거실에 붙여놓는 것도 좋습니다. 여행안내 팜플렛이나 잡지를 오려서 스크랩을 하는 것도 괜찮습니다.

행복한 장면을 상상해서 노트에 상세하게 기록해두십시오. 이렇게 정리한 노트를 자기 전에 조용히 읽어보시기 바랍니다. 노트에 적어놓은 꿈이 언젠가는 반드시 이루어지게 될 거라고 확신하면서 자세히 들여다보시기 바랍니다.

“당신을 행복하게 만들어줄 꿈 생각을 시각화하세요. 당신이 원하는 것을 잠재의식에 전달하는 가장 확실한 방법은 바로 그림으로 표현하는 것입니다.”

“당신이 바라는 것을 정확하게 그리시기 바랍니다. 이것은 당신의 잠재의식을 전달하기 위함입니다.”

위의 머피 박사의 말처럼 자신이 바라는 것과 꿈을 노트에 적어서 무의식중에 머리나 마음속에 각인시키는 것이 중요합니다. 그 다음에는 무엇을 어떻게 해야 할까요?

다음은 애인과 함께 장기 여행을 떠나고자 할 때, 어떤 것들을 준비해야 할지 구체적으로 생각해보는 것입니다.

‘필요한 거요? 그야 물론 돈과 휴가죠.’

이렇게 생각한다면, 우선은 매달 둘이 함께 여행경비를 모아야 할 것입니다. 그리고 여행기간 동안 마음놓고 쉴 수 있도록 업무정리를 미리 해놓아야 합니다. 또 회사에 다니는 사람은 자신이 쉬는 동안 일을 대신 해줄 수 있는 사람을 찾아 부탁해두어야 합니다.

그리고 마지막으로 할 일은 계획을 실행시키는 것입니다.

아무리 멋진 그림이라도 밑그림을 미리 스케치해 놓지 않으면 색칠을 할 수 없고, 아무리 훌륭한 구조물도 도면을 그리고 뼈대를 튼튼하게 세우지 않으면 완성되지 않습니다. 꿈과 소원을 노트에 적어두는 것은, 바로 즐거운 연애를 하기 위한 설계도를 그리는 작업이라고 할 수 있습니다.

꿈을 적어가는 동안에는 마음과 정신이 행복으로 가득 차게 됩니다.
당신도 한번 해보십시오. 꼭 이루어진다는 확신을 가지고 말입니다.

"당신은 비전을 가질 필요가 있습니다. 그것은 행복하고, 화려하며, 늘
성공적이고, 마음이 평안하며, 강인한 인간으로서의 당신이 구상허낸
비전이어야만 합니다."
머피 박사의 말입니다.

64 사랑을 위해 희생하지 말자

애인이 생기면 모든 일이 애인을 중심으로 계획되고 진행되는 경우가 많습니다. 하지만 애인과의 일을 위해 지금까지 해온 자신의 취미활동과 생활을 모두 포기해버릴 필요는 없습니다. 만약 그렇다면 당신은 사랑에 얽매여 있는 사람입니다. 사랑에 얽매여 있는 사람은 자주 싸우게 될 것입니다.

아키코(晶子) 씨는 스물 다섯 살 때 플라멩고를 배우게 되었습니다. 그리고 그것에 열중하게 되었습니다.

플라멩고를 배우기 시작한 지 3개월 정도 지났을 때, 그녀는 상사의 소개로 한 남자를 알게 되었습니다. 처음부터 서로에게 호감을 느꼈던 두 사람은 자연스럽게 연인 사이가 되었습니다.

유능한 영업사원이었던 그는 늘 바빴습니다. 게다가 예정에 없는 출장도 많았기 때문에 두 사람은 그때마다 데이트 계획을 바꿔야만 했습니다. 그가 자신의 일정이 비어 있을 때만 가끔씩 겨우 만나는 상태였기 때문에 두 사람은 무척이나 힘들었습니다.

어느 날 아키코 씨는 그의 전화를 받게 되었습니다. 그런데 하필이면 플라멩고 수업과 겹치고 말았습니다. 수업을 취소할 수 없었던 아키코 씨는 모처럼의 데이트를 거절할 수밖에 없었습니다.

'그는 언제 시간이 날지 전혀 알 수 없는 바쁜 사람이야. 그러니까 내가 시간을 항상 비워두었다가 언제든 나갈 수 있게 해야겠어.'

그녀는 생각 끝에 실력을 쌓았던 플라멩고를 그만두기로 했습니다. 다른 친구들과도 가능한 한 약속을 하지 않게 되었고, 날짜와 시간이 정해져 있는 콘서트나 연극 티켓도 예매하지 않기로 했습니다. 예측 불가능한 그의 연락으로 갑자기 정해지는 데이트에 대비하기 위한 것이었습니다.

그러나 그의 반응은 다음과 같았습니다.

"뭐? 플라멩고를 그만 두었다구? 플라멩고에 몰입해 있는 열정적인 당신 모습이 아주 매력적이었는데……. 만약 나 때문에 그만 두었다면, 난 괜찮으니까 신경 쓰지 말고 계속 하도록 해."

그래서 아키코 씨는 그의 말대로 플라멩고를 다시 배우기 시작했습니다.

그저 하루 종일 전화가 오기만을 기다리며 초조하게 보내는 것은 두 사람에게도 좋지 않은 일입니다. 서로 자신의 일에 열중하는 것이 중요합니다. 사람은 자신이 하고 싶은 일을 할 때 가장 활기 있고 매력적입니다. 물론 사랑하는 사람이 있으면 상대를 위해서 많은 시간을

할애하고 싶겠지만, 신중하게 시작한 취미생활까지 그만둘 필요는 당
연히 없겠지요?

 사랑하는 사람에게 지나치게 집착하는 것은 좋지 않습니다. 서로 발전
적인 관계가 되어야 합니다.
서로를 항상 구속하려고만 한다면, 두 사람은 머지않아 서로에게 질려
버릴 것입니다.

65 가끔은 함께 공부하자

아야코(綾子) 씨와 유키오(行雄) 씨는 사귄 지 5년 된 커플입니다. 저는 그녀에게 늘 변함 없이 사랑을 즐길 수 있는 비결을 물어보았습니다.

활달하고 밝은 성격의 아야코 씨는 옷차림이나 화장도 화려한 편입니다. 애인(男)이 자주 바뀔 것 같은 인상을 풍기지만, 의외로 몸가짐이 바른 사람입니다.

그녀는 "한번 사귀면 최소한 3년은 기본이죠."라고 자신하는 연애박사입니다. 그런데 그녀의 대답은 의외였습니다.

"저는 이성간의 교제도 하나의 공부라고 생각해요. 자기 혼자 하고 싶은 일만 하면 행동범위도 좁아지게 되고, 하는 일도 한두 가지로 제한되기 쉽잖아요. 하지만 남자친구가 생기면 그 사람이 좋아하는 세계도 들여다볼 수 있고 경험도 많이 쌓을 수가 있어요. 예를 들어 저는 액션영화를 좋아하는데 남자친구는 대작의 역사영화를 좋아해요. 그래서 지금까지는 절대 보지 않았던 그 영화들을 함께 보러가곤 해요. 보고 나면 의외로 재미있고 좋은 공부가 돼요.”

그녀는 아주 즐거워보입니다. 그녀의 말은 계속 되었습니다.

“영화를 다 보고 나면 영화의 무대가 된 나라와 인물들에 대해 좀더 알고 싶어져요. 그래서 남자친구와 함께 도서관에 가서 자료를 찾아보기도 하고 조사한 것에 대해 서로 이야기도 해요. 공부가 끝나면 다음에는 영화의 무대가 된 나라를 함께 여행하자는 말이 나오게 되요.”

또 반대로 진지한 그가 아야코 씨의 영향으로 액션영화를 보고는 어린아이처럼 아주 즐거워한다고 합니다

“액션영화도 나름대로 끝내주는데? 보면서 얼마나 신났는지 몰라. 마치 내가 영화의 주인공이 된 것 같았어.”

각자의 취미와 좋아하는 세계를 서로 적극적으로 받아들임으로써 두 사람은 오랫동안 사귈 수 있었던 것입니다.

평범한 교제에서 한 단계 더 나아가 상대방이 좋아하는 것을 받아들이는 것이 필요합니다.

그러면 그 동안 혼자서는 하지 못한 많은 새로운 것들을 하게 될 것입니다.

66 언제나 즐겁게 행동하자

테루미(照美) 씨는 어릴 때부터 예쁘다는 말을 자주 들으며 주위 사람들의 귀여움을 독차지하고 자랐습니다. 당연히 예쁜 얼굴 때문에 남학생들의 뜨거운 시선도 많이 받았습니다. 여학생들이 질투를 할 정도였습니다.

대부분의 사람들은 그 정도의 미모라면 애인도 마음대로 골라잡을 수 있을 거라고 생각하게 마련입니다. 그러나 그렇지도 않습니다.

"사실 사귀고 싶다는 말도 많이 들었어요. 실제로 몇 번인가 사귀어본 적도 있었구요. 저도 상대방을 좋아했었죠. 그런데 매번 오래가지 않았어요."

오래가지 않는다? 왜일까요? 테루미 씨와 사귀었던 남성들은 모두 같은 생각을 갖고 있었습니다.

"테루미는 예쁘지만 사귈수록 너무 재미없다는 생각이 들었어요."

'미인은 3일이면 질린다'라는 옛말이 있습니다. 테루미 씨는 자신의 외모만 내세웠던 모양입니다. 다시 말해 함께 있는 사람을 즐겁게 해주거나 기쁘게 해주려는 배려와 노력이 부족했던 것입니다. 왜냐하면 그동안 그녀가 가만히 있기만 해도 사람들이 알아서 분위기를 즐겁게 해주었고, 그녀의 기분까지 맞춰주었기 때문이었습니다.

즉 자신이 특별히 어떤 행동을 하지 않아도 상대방이 먼저 정성껏 대해주려고 노력을 했기 때문에 그녀는 100% 받기만 하면 되는 입장이었던 것입니다. 이런 상태에서는 상대방도 곧 지쳐버리게 됩니다. 스스로 적극적으로 무엇인가를 하지 않으면 인생은 재미없고 지루합니다.

저는 테루미 씨에게 이런 조언을 해주었습니다.

"상대방이 당신을 즐겁게 해주면 당신은 물론 즐겁지요? 마찬가지로 상대방도 당신과 함께 있음으로써 즐거움을 느끼고 싶다는 생각을 합니다. 상대방을 기쁘게 해주려고 노력해본 적이 있습니까? 오랫동안 사람을 사귀려면 서로를 배려해주어야 합니다. 만약 테루미 씨가 다음에 누군가와 사귀게 된다면 그 사람을 최대한 즐겁게 해주십시오."

우선 상대방을 항상 웃는 얼굴로 대해야 합니다. 그리고 자신의 상황은 잠시 뒤로 제쳐놓고, 상대방을 먼저 배려해주시기 바랍니다. '지금 이 사람과 함께 있다'라는 것을 잊지 마시기 바랍니다. 어쨌든 밝게 행동하는 것이 중요합니다.

또 상대방의 이야기에 흥미를 갖고 귀를 기울이십시오. 그러나 일방적으로 듣기만 하는 것은 금방 지루해지기 쉬우므로 자연스레 이야기를 서로 주고받는 것이 좋습니다.

　분위기를 즐겁게 만들 줄 아는 사람에게는 재미있는 사람들이 많이 몰려드는 법입니다. 무엇이든 함께 즐길 줄 아는 사람은 사랑도 오래 지켜나갈 수 있는 것입니다.

당신에게 상대방이 행복이고 기쁨이라면 상대방에게도 당신은 행복이고 기쁨이어야 합니다. 그렇지 못하다면 사랑은 오래 지속될 수 없습니다.

67 커플 룩을 시도해보자

두 사람의 연애감정을 고조시키기 위해서는 커플 룩이 효과적입니다. 똑같은 옷을 입는 게 부끄러운 사람은 커플 시계나 액세서리, 커플 모자 등을 시도해보는 것도 좋은 방법입니다.

커플 룩은 떨어져 있을 때 서로를 생각나게 하는 매개물이 될 수도 있고, 때로는 바람 피우는 것을 방지하는 역할도 합니다.

'색깔 점(占)'을 의도하려는 것은 아니지만, 행운의 색깔로 맞춰보는 것도 커플 룩을 즐기는 비결입니다.

유우지(雄二) 씨에게는 학창 때부터 사귀어온 마미(麻美)라는 여자 친구가 있습니다. 그러나 취업을 계기로 그녀와 멀리 떨어져 생활하게 되었습니다. 그래도 같은 지역이라서 유우지 씨는 주말마다 오토바이를 타고 그녀를 만나러 갔습니다.

그러나 그는 점점 힘들어지기 시작했습니다. 일주일 동안 내내 바쁜 회사 일에 시달리다가 모처럼 쉴 수 있는 주말에 오토바이로 장거리를 달려 마미 씨를 만나러 가야했던 것입니다. 드디어 유우지 씨는 한계를 느끼기 시작했습니다. 그 동안 그녀를 사랑하는 정신력 하나만으로 버텨왔었습니다. 그러나 이제와 그만 둘 수도 없었습니다. 오토바이 여행이야말로 그녀에 대한 최대의 애정표현이었기 때문입니다.

그것을 보다 못한 유우지 씨의 친구가 마미 씨에게 이런 말을 해주었습니다.

"유우지가 너무 지쳐 있어요. 지금 몸 상태가 말이 아니에요. 좀 쉬게 해주세요."

그가 그렇게 무리하면서까지 매주 자신을 만나러왔다는 사실을 알게 된 마미 씨는 유우지 씨의 사랑에 감동하고 말았습니다.

"유우지, 앞으로는 매주 오지 않아도 돼. 올 수 있을 때만 와, 알았지?"

그녀는 유우지 씨에게 말했습니다. 자칫하면 두 사람 사이가 멀어질 수도 있는 일이었습니다. 그러던 어느 날 마미 씨가 아주 그럴듯한 제안을 했습니다.

"좀 유치하다는 생각도 들지만, 우리도 커플 룩을 입어볼래? 보고싶지만 만날 수 없을 때는 그걸 보면서 참는 거야. 그럼 멀리 떨어져 있어도 늘 함께 있는 기분이 들 거야."

두 사람은 똑같은 커피잔과 잠옷, 시계를 하나씩 구입했습니다.

"다른 여자가 만나자고 해도 늘 네가 감시하고 있는 기분이 들어서 앞으로는 바람도 못 피우겠는걸! 하하하하!"

유우지 씨가 크게 웃었습니다. 그 다음부터 두 사람은 서로의 상황에 맞춰 너무 무리하지 않으면서 만났다고 합니다.

 커플 룩은 일종의 부적과 같은 것입니다.
서로를 아끼는 마음이 담긴 것이라면 물건이라고 해도 그 속에는 사랑이 들어 있습니다.
또한 그것은 사랑을 지켜주는 힘이 되기도 합니다. 이를 소중히 여기는 것이 상대방을 소중히 여기는 것입니다.

68 결단을 내릴 수 있는 용기를 갖자

연애관계는 상대방이 운명의 사람이 아닌 경우에는 지속되지 않습니다. 헬렌 E 피셔의 『사랑은 왜 끝나는가?—결혼·불륜·이혼의 자연사』라는 책이 베스트 셀러가 된 적이 있습니다. 열정적으로 불타올랐던 사랑도 그것이 사랑인 이상, 언젠가는 막을 내린다는 내용입니다. 그때가 오면 미련 없이 결단을 내릴 수 있는 용기를 갖는 것도 중요합니다.

무리해서 관계를 계속 유지해나가다가 서로에게 좋지 않은 결과를 초래할 수 있습니다. '운명의 사람이 아니면 헤어지겠다'라는 각오를 할 수 있을 때, 사랑은 빛을 발하게 되는 것입니다.

유우코(優子) 씨의 애인은 폭력을 휘두르는 남자였습니다. 물론 처음 사귀기 시작했을 때는 아주 자상한 사람이었습니다. 그러나 관계가 깊어지자, 어느 순간 폭력적으로 돌변해버리고 말았습니다.

'그런 남자한테 무슨 미련이 남아서 그래? 빨리 헤어져버리면 되잖

아?'

이렇게 생각하시겠지만, 남녀관계란 생각만큼 그렇게 간단히 해결되는 것이 아닙니다. 유우코 씨는 이미 그 사람과 헤어질 수 없는 상태에까지 와 있었습니다.

어렸을 때부터 귀여움을 독차지하며 곱게만 자라온 유우코 씨는 사람들과 잘 어울리지 못하는 성격이었습니다. 그래서 그녀는 '나한텐 이 사람밖에 없어.'라는 생각을 하고 있었습니다. 게다가 부모님께 맞아본 적이 없는 그녀에게 그의 폭력은 또 다른 매력이었습니다.

유우코 씨의 친구는 온몸이 멍투성이가 된 그녀를 걱정하기 시작했습니다. 그리고 빨리 헤어질 것을 권했습니다.

그러나 유우코 씨는 헤어지지 않았습니다.

'그 사람에겐 내가 꼭 필요해.'

시간이 흐를수록 그녀는 헤어질 수 없다는 결심을 굳혀갔습니다. 친구는 그녀가 안타깝기만 했습니다.

그의 문제는 폭력만이 아니었습니다. 그에게는 이렇다 할 직장도 없었습니다. 생활비마저 유우코 씨에게 의지하고 있었던 것입니다. 이 사실을 알게 된 친구는 너무 화가 나서 빨리 헤어지라고 그녀를 설득하기 시작했습니다.

"나쁜 사람이라는 거 알아. 하지만 헤어질 순 없어."

유우코 씨는 고개를 저을 뿐이었습니다. 결국 친구가 그녀를 데리고 저의 상담실을 찾아왔습니다.

"그를 사랑하는 마음은 이해합니다. 하지만 그렇다고 해서 절대로 헤어질 수 없다고 하는 것은 좀 이해하기 힘들군요. 계속 이 상태로 지내다가는 그가 또 어떤 식으로 당신에게 해를 입힐지 모릅니다. 아주 위험해요. 지금까지 그 사람이 보여준 사랑은 진실한 사랑이 아니에요. 이런 사랑은 서로에게 좋지 않은 결과만 가져다줄 뿐입니다. 그러니까 용기를 갖고 빨리 헤어지도록 하세요."

저는 힘주어 말했습니다.

그 후 유우코 씨는 폭력을 휘두르던 그 사람과 헤어졌다고 합니다.

이제는 얼굴에 시퍼런 멍 자국이 든 유우코 씨의 모습은 찾아볼 수 없습니다. 전혀 다른 사람처럼 표정이 밝아보였습니다. 이런 모습이라면 분명 또 다른 사람을 만나게 될 것입니다.

'이것이 아니다'라는 생각이 들 때는 과감히 헤어져야 합니다.
헤어지지 못하고 시간만 끈다면, 두 사람 다 상처만 입을 것입니다.
연애를 할 때에는 헤어질 수 있는 용기도 꼭 필요합니다.

69 단점보다 장점을 찾아보자

사람들을 만나다보면 상대방의 단점이 보입니다. 또한 처음 사귀기 시작했을 때는 발견하지 못했던 사소한 버릇이 시간이 흐르면서 눈에 보이게 되고 점점 마음에 들지 않게 됩니다.

이쿠코(郁子) 씨는 어렸을 때부터 엄한 가정교육을 받으며 자랐습니다. 식사를 할 때도 항상 주의를 받았습니다.

"팔꿈치를 식탁에 올려놓고 먹으면 안 돼요."

"고개를 숙인 채 밥을 먹는 건 좋지 않은 습관이에요. 그릇을 들고 입 가까이에 가져가서 먹도록 해요."

"소리를 내서 먹는 것은 나쁜 습관이에요."

"식사 중에 잡담을 해서는 안 돼요."

이런 환경에서 자란 그녀는 함께 식사를 하는 사람의 태도가 늘 신경에 쓰였습니다.

더욱이 그녀는 남자친구와 식사를 할 때마다 헤어지고 싶다는 생각이 들어 한숨을 지었습니다. 그의 식사하는 모습이 함께 앉아 있기 싫을 정도로 단정하지 못했기 때문입니다. 밥그릇을 내려놓고 고개를 숙인 채 밥을 먹는 것은 물론이고 소리까지 요란했습니다. 그뿐 아니라 쉴새 없이 이야기하면서 게걸스럽게 밥을 먹었습니다. 그래서 음식물들이 이쪽 저쪽으로 튀어나가기 일쑤였습니다.

그녀는 더 이상 참을 수가 없었습니다. 헤어지자고 말하고 싶었습니다. 그러자 한편으로는 다음과 같은 생각이 들었습니다.

'지저분하게 먹는 것은 가정교육을 제대로 받지 못해서야. 그러니 그의 잘못은 아냐. 그렇다고 얘기하기도 곤란하고……. 그냥 참을 수밖에 없어. 뭔가 좋은 방법이 없을까?'

그녀는 고민 끝에 저의 상담실을 찾아왔습니다.

"사람에게는 누구나 버릇이 있어요. 이쿠코 씨 역시 식사하는 모습은 깔끔하고 예의 바르더라도 잘 때 코를 골거나 큰 소리로 잠꼬대를 할지도 모릅니다. 누구나 자신의 단점에 대해서는 모른 척 넘어가려고 하는 게 보통이죠. 그런데 혹시 마음에 안 드는 점이 그 사람의 식사하는 모습뿐인가요? 그렇다면 얼마나 다행입니까? 그 사람의 다른 좋은 점을 찾아서 칭찬해보세요. 그 사람의 좋은 점을 중점적으로 보시고, 매너가 좀 없는 경우에는 '그게 뭐 어때서!'하고 그냥 넘어가 보세요. 그래도 신경이 쓰인다면 솔직하게 자신의 심정을 말해보세요."

저는 이렇게 말해주었습니다.

이쿠코 씨는 저의 상담실을 다녀간 후, 그의 장점을 칭찬하고 단점은 보지 않으려고 노력했습니다. 그러자 그 사람이 먼저 이런 부탁을 했다고 합니다.

"나, 원래 매너 없기로 소문난 사람이야. 이런 매너로는 자기와 프랑스 요리 전문 레스토랑에 식사하러 갈 수도 없을 거야. 하지만 유명한 요리사가 만든 음식을 먹어보고 싶어. 식사예절을 좀 배우고 싶은데 가르쳐주지 않을래?"

상대방의 단점보다는 장점을 먼저 보십시오. 사랑은 단점까지도 감싸안을 줄 알아야 합니다.

누구에게나 단점이 있습니다.
단점만을 보려 하지 말고 상대방의 장점을 보도록 노력해보십시오.

70 마음을 애정으로 가득 채우자

사랑을 마음속에 오래도록 품고 있으려면 자신은 물론이고 다른 사람에 대해서도 끊임없이 애정을 갖도록 해야 합니다.

자신을 비하하거나 사소한 일로 다른 사람들에게 화를 내는 일은 여러분의 마음속에서 사랑을 빼앗아갑니다. 그러니 사랑을 늘 가슴에 품고 살아가려면 사랑을 나누어주어야 합니다. 사랑은 나누면 나눌수록 점점 더 커지기 때문입니다.

당신 마음속에 애정이 넘치면 넘칠수록 주변환경은 좋아지게 되고 기쁨으로 가득차게 된다는 것을 잊지 마십시오.

리에코(理惠子) 씨와 동거하는 남자친구는 하루 종일 카지노를 하며 시간을 보냅니다. 건강에 이상이 있는 것도 아닌데, 일도 하지 않고 리에코 씨의 돈으로 술만 마시러 다닙니다. 그러나 리에코 씨는 그런 그를 원망하지도 않고 일을 하라고 하지도 않습니다.

"그가 일도 안하고 매일 술만 마시러 다니는 데는 뭔가 이유가 있을

거라고 생각했어요. 밤늦게 만취해서 집에 들어오는 그 사람이 정말
외로워보였거든요. 어쨌든 지금은 그의 괴로운 마음이 치유될 때까지
아무 말 하지 않고 그냥 지켜보기만 할 거예요."

이런 리에코 씨의 사려 깊은 마음은 조금씩 그를 변화시키기 시작했
습니다.

사실 그는 리에코 씨를 만나기 전에 친구와 함께 사업을 하기로 되어
있었습니다. 그래서 자금을 빌려주었는데, 그 친구가 배신을 하고 돈을
가지고 도망쳐버렸던 것입니다. 그는 믿었던 친구에게 배신을 당했다
는 분노와 증오, 슬픔으로 삶에 회의를 느끼고 있었습니다.

"돈은 다시 일해서 벌면 되잖아요. 당신은 아직 젊어요. 지금부터
열심히 하면 얼마든지 다시 일어설 수 있어요. 나도 도울테니까 처음부
터 다시 시작해요."

리에코 씨는 자주 이런 말을 하면서 그에게 용기를 불어넣어 주었다
고 합니다.

그녀의 격려에 그의 마음도 조금씩 열리기 시작했습니다. 그리고 곧
일을 시작하게 되었습니다. 물론 그는 리에코 씨를 진심으로 소중히
대해주었습니다.

대부분의 사람들, 특히 여성들은 직장도 없이 놀러다니기만 하는 남
자들을 무능하다며 무시하거나 경멸합니다. 그리고 이렇게 말해버립니
다.

"그런 남자에게 뭐가 아쉬워서 잘 해줘요? 말도 안 돼요. 지금은

그런 남자한테 모든 걸 다 바치는 시대가 아니라구요."

　사람들에게는 각자 나름대로의 사정이 있습니다. 백수가 되고 싶어서 된 게 아닐지도 모릅니다. 부득이한 사정으로 술에 취해 하루 하루를 보내고 있는 사람도 있습니다.

　사랑하는 애인이 언제 어디서나 당신을 행복하게 해줄 것이라는 보장은 없습니다. 상상하지 못할 만큼 어려운 상황에 처하게 되는 수도 있습니다. 그러나 어떤 상황에서든 사랑하는 사람을 애정을 갖고 따뜻하게 대해주시기 바랍니다.

현대는 나만 행복하면 된다는 이기주의가 팽배한 시대입니다.
이런 시대에 "어떻게 하면 당신이 행복해질 수 있을까요?"라고 인사를 건네는 것은 사람의 마음을 따뜻하게 해줍니다.
당신이 그런 사람이 되어 보십시오.

 당장 결혼하자

결혼에 골인한 수십 쌍의 부부에게 결혼을 결심하게 된 동기를 물어 보았더니 대부분의 사람들이 웃으면서 '타이밍과 분위기'라고 대답했습니다.

긴 연애 끝에 파국에 이르는 커플이 있는가 하면 사귄 지 3개월 만에 결혼에 골인하는 커플도 많습니다. 이 사실로 미루어 짐작해봐도 계획을 지나치게 세운다거나 너무 오랫동안 만나는 것보다는 적절한 타이밍과 분위기에 맞춰 과감히 결혼을 결정해버리는 게 좋은 것 같습니다.

어쨌든 결혼하고 싶다는 생각을 하고 있다면 말입니다. 물론 결혼을 전제로 하지 않고 연애만을 즐기겠다는 생각이라면 크게 문제될 일은 없습니다.

진심으로 이루어지길 바라는 소원이 있다면 잠재의식에 각인시켜야 합니다. 언제까지나 미래의 일로 바라기만 하면 영원히 얻지 못하게 될 수도 있습니다. 어쨌든 지금 당장 결혼하고 싶다는 마음으로 이를 실현시키기 위해 노력해야 합니다.

준코(純子) 씨에게는 결혼하고 싶은 남자친구가 있었습니다. 샐러리맨에 차남이고 온순하고 성실한 사람입니다. 결혼상대로는 더할 나위 없이 좋은 남성이라고 할 수 있습니다. 그러나 준코 씨는 그 사람과의 장래를 생각했을 때 뭔가 부족하다는 느낌이 들었습니다.

'이대로 결혼한다면 평범한 샐러리맨의 부인밖에 되지 않을 거야. 단 한 번뿐인 인생인데, 그렇게 살고 싶진 않아.'

준코 씨는 이런 생각이 들어 그와의 결혼을 흔쾌히 결정하지 못하고 있었습니다. 그녀가 이런 생각을 하고 있을 때, 그는 지방으로 전근을 가게 되었습니다. 당연히 그는 준코 씨에게 결혼해서 함께 갔으면 좋겠다고 했습니다. 그녀 역시 그가 결혼상대로 나무랄 데 없이 좋은 사람이고, 언젠가는 결혼해서 함께 지냈으면 좋겠다는 생각을 했습니다. 하지만 지금 당장 모든 것을 버리고 자신과 함께 가자고 하는 그를 따라갈 용기는 없었습니다.

그래서 준코 씨는 다음과 같이 말했습니다.

"우리 얼마 동안은 서로 멀리 떨어져 있어 보지 않을래요? 물론 자주 만나지는 못하겠지만, 결혼은 꼭 지금이 아니라도 언제든 할 수 있잖아요. 당신도 새로운 일에 적응하게 될 때까지 시간이 필요할 거고, 갑자기 환경이 바뀌게 되면 여러 가지로 신경이 많이 쓰일 거예요. 그러니까 자리가 잡히고 마음의 여유가 생길 때까지 결혼은 좀 미루도록 해요. 그 다음에 결혼준비를 해도 늦지 않아요."

이렇게 해서 그는 혼자 지방으로 전근을 갔습니다. 물론 얼마 동안은 전화나 편지로 자주 연락을 주고받았습니다. 그런데 점점 연락하는 횟수가 줄어갔습니다. 그러던 어느 날 준코 씨는 생각지도 못한 마지막 편지를 받았습니다.

"사실은 여기서 아주 좋은 여자를 만났어. 당신에게는 미안하지만, 나 이 사람과 결혼할 생각이야. 지난번엔 내가 당신한테 채였으니까 당신이 이해해줄거라 생각해. 이게 당신에게 보내는 마지막 편지야."

편지를 읽고 난 준코 씨의 눈에서 왈칵 눈물이 쏟아지기 시작했습니다. 기회를 놓친 것입니다.

그러나 그는 준코 씨의 운명의 사람이 아니었을지도 모릅니다. 준코 씨에게 분명 새로운 만남이 다가올 것입니다.

결혼에 골인하려면 무엇보다 타이밍이 중요하다는 것을 잊지 마시기 바랍니다.

머피 박사는 이렇게 말하고 있습니다.
"당신이 만약 결혼하길 원한다면, '지금 당장 결혼하고 싶다'라고 자신에게 말해보세요. '좋은 사람이 나타나면' 등의 조건은 달지 마시기 바랍니다. 그런 조건은 당신의 마음을 솔직하게 들여다볼 수 없게 하기 때문입니다."

72 진심으로 원하자

결혼상대를 고를 때 당신은 어떤 기준으로 선택하십니까?

돈 많은 사람이 좋다거나, 성격이나 취미가 맞는 사람이 좋다거나 하는 등 다양한 선택기준이 있을 것입니다. 물론 학벌이나 사회적 지위가 높아야 한다는 것도 상대를 선택하는 조건이 될 것입니다.

그러나 중요한 것은 자신이 그토록 원하는 운명의 사람과 만날 수 있도록 진심으로 기도하는 일입니다. 또한 자신이 어떤 조건을 원하고 있는지 정확하게 알아두고 있어야 합니다. 그렇지 않으면 행복한 결혼은 할 수 없습니다.

마리코(眞理子) 씨는 이제 곧 서른 세 살이 되는 경리사원입니다. 학창시절의 친구들 대부분은 모두 결혼한 상태입니다. 그래서 마리코 씨는 결혼해야 한다는 초조함을 느끼고 있었습니다.

그러나 겉으로는 이렇게 말했습니다.

"여자의 행복은 결혼이 아니야."

그녀는 만약 결혼을 할 생각이라면 앞으로 3년 안에는 해야 한다는 위기감을 느끼고 있었습니다. 그리고 이런 생각을 했습니다.

'결혼하는 데 연애나 맞선이나 별 차이 없겠지. 아니, 맞선을 보는 쪽이 조건이 좋은 사람을 만날 수 있는 가능성이 더 많을 거야.'

그러던 어느 날 용기를 내서 결혼 상담소를 찾아갔습니다. 그리고 조건이 좋은 몇 명의 남성들과 맞선을 보았습니다.

그러나 아무리 인상이 좋은 남성들과 이야기를 해도 막상 사귀게 되면 싫은 것이었습니다. 결혼을 전제로 사귄다는 생각을 하면 편안한 마음으로 만날 수가 없었습니다. 그래서 저는 마리코 씨에게 이렇게 말했습니다.

"마리코 씨가 원하는 남성의 학력, 키, 연봉, 장남인가 차남인가 등등에 관한 조건은 알겠습니다. 그런데 마리코 씨가 실제로 어떤 생활을 원하는 건지, 그리고 어떤 상대가 자신과 잘 맞는지 등은 저희도 잘 모릅니다. 그러니까 다시 한번 잘 생각해보시는 게 어떨까요? 어떤 상대와 어떻게 사귈 것이며, 어떤 결혼생활을 원하는지에 대해 다시 생각해보시기 바랍니다."

마리코 씨는 위의 조언대로 신중히 생각해보았습니다. 고민 끝에 그녀가 얻은 해답은 아직은 결혼하고 싶지 않다는 것이었습니다. 친구들 대부분이 결혼을 해서 초조하기는 했지만 정말 결혼하고 싶은 생각은 없었습니다. 결국 마리코 씨는 다음과 같은 결론을 내렸습니다.

"앞으로 결혼하고 싶은 생각이 들 때까지는 제 자신만을 위해 살아갈 생각이에요. 그리고 하고 싶은 일도 너무 많아요. 저에게 어떤 사람이 이상적인지 제대로 알게 되어 진심으로 결혼하고 싶다는 생각이 들 때 다시 상담하러 오겠습니다.”

진심으로 결혼을 원할 때, 행복한 결혼생활을 할 수 있습니다. 서두르지 말고 자신이 진심으로 결혼을 원하는지 진지하게 생각해보시기 바랍니다.

결혼은 인생에서 아주 중요한 선택입니다.
그러므로 성급하게 결정을 내리는 것보다는 자신이 정말 결혼하고 싶은지 잘 생각해보아야 합니다.

 **결혼 전의 우울함**(Marriage Blue)**을 극복하는 법**

　미카(美香) 씨는 약혼자인 다이스케(大介) 씨가 요즘 자신에게 소홀해진 것 같아 매우 불안해하고 있습니다.

　자신을 대하는 태도가 냉정하게만 느껴진다고 합니다. 그녀는 결혼 날짜를 잡은 다음부터 그가 변한 것 같다고 말합니다. 휴일에도 회사 사람들과 함께 놀러가 버리고, 평일에도 데이트를 피했습니다. 전화를 해도 별로 반가워하지 않고 짜증만 냈습니다. 이제는 사랑하다는 말도 잘 안 했습니다.

　미카 씨는 결혼하기로 약속하고 나서 다이스케 씨가 자신을 사랑하는 마음이 줄어든 것은 아닌지, 그리고 자신에게 조금 질려버린 것은 아닌지 불안해지기 시작했습니다.

　참다 못한 그녀는 다이스케 씨의 친구를 불러내서 사정을 들어보았습니다. 그러자 친구는 다이스케 씨의 기분에 대해 이렇게 말했습니다.

　"혹시 메리지 블루 때문이 아닐까요? 결혼하기 전에 느끼는 우울함

같은 거요. 물론 미카 씨를 사랑하고 있지만, 결혼날짜가 정해지면 갑자기 결혼하기 싫어질 때가 있어요.”

“그럴까요? 그가 그럴 거란 생각은 못했어요.”

“제가 보기엔 그래 보였어요. 그러니까 지금은 그 녀석을 너무 다그치거나 구속하려 하지 않는 게 좋을 거예요.”

“남자도 그런 갈등이 있다니……. 여자에게만 있는 게 아니군요. 그런 것도 모르고 매일 화를 냈어요. 조금 더 그를 이해했어야 하는데, 그에게 미안해서 어쩌죠?”

결혼 전의 우울함은 남자들도 겪습니다. 앞으로 결혼해서 한 여자와 평생을 살아갈 생각을 하면, 결혼 전에 좀더 독신의 자유로움을 만끽하고 싶다는 기분이 든다고 합니다. 그리고 보니 요즘 미카 씨는 귀찮을 정도로 심하게 전화를 걸어 일일이 확인을 했었습니다.

“오늘은 뭐했어요?”

“이렇게 늦은 시간까지 누굴 만났어요?”

그녀의 입장에서는 이런 걸 물어보는 것쯤이야 당연하다고 생각했겠지만, 다이스케 씨는 견디기 힘들었던 것 같습니다. 물론 미카 씨가 벌써 싫어진 것은 아니었습니다.

“앞으로는 매일 얼굴 볼 수 있겠네요. 결혼날짜도 이미 정해졌는데 내가 괜히 초조하게 굴었던 것 같아요. 혼자 자유롭게 보낼 수 있는 날도 얼마 안 남았죠? 지금이 아니면 안 되는 일이 있으면 나중에 후회하지 말고 열심히 해둬요. 나도 그렇게 할게요. 그리고 보니 부모님께 마음껏 어리광을 부릴 수 있는 것도 지금이 마지막이네요. 어린아이처럼 굴 수 있는 것도 지금 뿐이에요.”

이런 미카 씨의 생각처럼 다이스케 씨도 같은 생각이었습니다.

결혼을 한다는 것은 어느 정도 서로에게 구속되어야 한다는 것을 의마합니다. 그러니 결혼을 하려고 하면 우울해지는 건 당연합니다. 앞으로 함께 살아갈 날들도 걱정이 되고, 자유를 빼앗긴다는 생각 때문에 갑자기 결혼이라는 것에서 도망을 치고 싶어지기도 합니다.

누구에게나 결혼 전의 우울함은 있습니다. 불안해하지 말고 잠시 여유를 가져보는 게 좋습니다. 그리고 생각을 밝게 하십시오.

결혼은 굴레가 아니라 새로운 시작이며, 분명 사랑의 골인점입니다. 너무 우울해하지 마시기 바랍니다.

결혼하기 전에 하고 싶은 것이 있으면 마음껏 즐겨보시기 바랍니다. 그래야 결혼을 해서 결혼생활에 충실할 수 있습니다.

74 주변을 정리하자

결혼을 하려고 해도 할 수 없는 여성이 있습니다. 이런 여성들과 이야기를 해보면 그들의 가정에 원인이 있다는 것을 알 수 있습니다.

예를 들어 지금까지 집에서 해왔던 자신의 역할에서 벗어나지 못해 단호한 결단을 내리지 못하는 경우가 많습니다.

이와 같은 경우에는 지금까지의 역할을 정리하지 않는 한 결혼은 할 수 없습니다.

이쿠코(育子) 씨의 남동생은 어렸을 때부터 가벼운 장애가 있었습니다. 그것 때문에 남동생은 일도 하지 못하고 집 안에서만 지냈습니다. 남동생이 걱정된 이쿠코 씨는 늘 다음과 같이 생각하고 있었습니다.

'가족들 상황이 이렇게 어려운데, 내가 어떻게 결혼할 수 있겠어!'

그래서 그녀는 애인이 있음에도 불구하고, 결혼에 대한 이야기는 꺼내지 않기로 했습니다. 하지만 그녀의 남자친구는 프로포즈를 해왔습니다. 혼자 고민하던 이쿠코 씨가 저의 상담실로 찾아왔습니다.

"이쿠코 씨와 당신의 부모님은 남동생을 보살피느라 자신들의 행복을 희생하고 있습니다. 그건 남동생은 물론이고 다른 가족들에게도 불행한 일이라고 생각해요. 솔직히 본인은 어떻게 하고 싶으세요? 그 문제에 대해 중점적으로 생각해보세요. 저는 이쿠코 씨가 하고 싶은 일을 해나가면서 남동생과 부모님도 행복하게 해드릴 수 있는 다른 방법이 분명히 있을 거라고 생각해요. 남동생 곁에 항상 있어 주는 것만이 가족 모두를 행복하게 해주는 일은 아닙니다."

저는 이렇게 조언해주었습니다.

그 후 이쿠코 씨는 남자친구와 결혼하기로 결심했습니다. 이제는 남동생도 자립할 수 있는 준비가 끝났다고 합니다. 병원 및 요양기관도 어느 정도 정해진 상태입니다. 또 부모님의 새로운 생활도 현재 모색하고 있는 중이라고 합니다.

결혼은 새로운 시작입니다. 그러니 그 동안의 생활은 정리할 필요가 있습니다. 정리하지 못하고 계속 과거에 매달린다면, 당신은 새로운 생활을 할 수 없습니다.

자신이 진정으로 하고 싶은 일을 찾아내어 당신이 행복해지는 것이 주변 사람들을 위하는 것입니다.
결혼을 하려면 무엇보다 주변을 정리하고 무슨 일이든 잘 되리라는 긍정적인 생각을 갖는 것이 중요합니다.

75 행복한 인생을 만들자

　많은 사람들이 결혼 자체가 기쁨이자 행복이라고 생각하고 있습니다. 당신의 생각은 어떻습니까?

　저의 생각은 조금 다릅니다. 결혼은 사랑의 기쁨과 행복의 결과물이지, 그 자체가 기쁨이고 행복인 것은 아닙니다. 즉 사랑이 있어야만 결혼을 할 수 있고, 결혼생활은 끊임없는 싸움의 연속입니다. 결혼생활이 행복하려면 항상 서로 양보하고 노력하지 않으면 안 되는 것입니다. 그리고 무엇보다 결혼생활을 긍정적인 생각이 필요합니다.

　물론 인간이기 때문에 살아가다 보면 결혼생활에 대해 부정적인 생각을 가질 수도 있습니다. 삶이 싫어지고 우울함을 느낄 때도 많을 것입니다. 결혼에 대해 회의를 느끼고, 남편에 대한 사랑도 의심이 가고, 아들과 딸이 자라는 것을 보면서 우울함을 느끼기도 합니다. 갑자기 자신이 늙어버린 것만 같고, 젊었을 때의 생활들을 돌이켜보면 현재의 자신이 너무 무의미하게 살아가고 있는 것처럼 생각되기도 합니다. 이것은 남자와 여자 모두가 느끼는 우울함입니다.

생각을 밝고 건강하게 가지시기 바랍니다. 이럴 때 제가 자주 권해드리는 것이 있습니다. 바로 낙천적인 생각을 하자는 것입니다.

낙천적인 생각이란, 이른바 관점의 전환이자 의식의 전환이며, 인식의 전환이자 역전의 사고이기도 합니다. 이것이 괴로움과 고민을 긍정적인 방향으로 바꾸어줍니다.

예를 들어 누군가에게 속아서 돈을 고스란히 잃게 된다면 당신은 말로 표현할 수 없는 심한 분노에 휩싸이게 될 것입니다. 하지만 이런 때일수록 다음과 같이 생각해보십시오.

'좀 비싸긴 했지만, 인생을 배울 수 있는 학교의 수업료로 지불했다고 생각하자. 이번 일을 계기로 앞으로는 이런 실수, 다시는 하지 않을 거야. 정말 고맙지 뭐.'

또한 안 좋은 일이 있으면 이렇게 생각하십시오.

'이 정도로 끝난 게 다행이야. 앞으로 더 열심히 하자.'

그러나 자신의 남자친구가 다른 여자와 사귀고 있는 사실을 알게 된다면 이렇게 이성적이고 긍정적인 생각은 할 수 없습니다. 하지만 이런 때에도 당신을 도와줄 수 있는 것은 낙천적인 사고뿐입니다.

'그 사람의 바람기를 알게 되어서 다행이야. 결혼한 다음에 알게 되는 것보다는 낫지 뭐. 하나님께서 도와주신 거야.'

이렇게 결혼생활에서 부딪치는 여러 가지 일들에 대해서도 늘 긍정적으로 생각하십시오.

‘집에만 있으면 답답하니까 친구들이랑 늦게까지 술도 먹을 수 있는 거지 뭐.’

‘우리 아들 정말 잘 컸구나. 엄마가 더 많이 잘해주지 못해서 미안한 걸. 엄마가 늙어가도 우리 아들이 씩씩하게 잘 자라는 걸 보니 행복하기만 하구나.’

인생을 살아가면서 행복한 일도 있겠지만 그렇지 않은 경우가 더 많습니다. 그런 불행한 일들에 늘 힘들어하고 삶의 의욕을 상실해버린다면 행복은 영영 달아나버리고 말 것입니다.

항상 기뻐하며 밝고 활기차게 살아가시기 바랍니다. 그런 사람들에게는 하나님이 반드시 행운을 가져다주실 것입니다.

긍정적인 생각과 마음이 항상 당신을 행복하게 만들어줄 것입니다. 또한 그런 당신은 이 세상 누구보다 아름답다는 것을 잊지마십시오.

76 지난 사랑을 되돌아보자

새로운 사랑을 시작했을 때 모든 사람들은 무의식중에 이런 생각을 하는 것 같습니다.

'이번이 가장 행복한 마지막 사랑이 될 거야.'

다시 말해, 이 사람과 헤어지는 일 없이 결혼까지 하고 싶다고 생각합니다. 특히 가슴 아픈 실연을 경험해본 사람은 이번에는 꼭 행복해질 수 있을 거라고 믿습니다.

이것은 정론(正論)이라고 할 수 있습니다. 누구나 가능하다면 한 사람을 변함 없이 오래도록 사랑할 수 있기를 바랍니다. 그게 아니라면 그것은 애정도, 사랑도 아닙니다.

실연을 겪어본 사람은 쉽지 않겠지만, 지나간 사랑을 되돌아봄으로써 그것을 교훈으로 삼는 것이 좋습니다.

사토미(里美) 씨는 연애경험이 많은 여성입니다. 중학교 때부터 남학생을 사귀기 시작해서 스물 네 살인 지금까지 열 명 이상의 남성들을 만났습니다. 하지만 항상 오래 사귀지 못했습니다.

그녀는 지금 사귀고 있는 남자친구와는 헤어지지 않고 결혼까지 하고 싶다고 생각하고 있습니다.

저는 사토미 씨에게 지금까지 만났던 남성들에 대해서 뿐만 아니라 사귀게 된 동기, 헤어진 이유 등을 적어보라고 했습니다. 그러자 그녀의 연애 스타일이 그대로 드러났습니다.

사토미 씨는 성실하고 자기 관리에 철저한 남성보다 제멋대로 행동하고 모든 일을 감정대로 처리하는 난폭한 타입의 남성에게 매력을 느끼는 타입이었습니다.

"어머니는 혼자서 저를 키우셨어요. 제가 어렸을 때 아버지와 이혼하셨거든요. 아버지는 책임감 없는 분이셨어요. 사업에 손만 대면 실패하셨죠. 그런 일이 계속 됐어요. 사람들에게 잘 속는 분이셨거든요. 사람이 좋아서라기보다 마음이 약했던 거죠. 물론 어머니의 잔소리도 대단했어요. 결국 아버지는 어머니가 반 강제로 내민 이혼서류에 도장을 찍으셨죠. 저는 아버지와 친하게 지낸 기억이 없어요. 물론 사랑도 못 받았구요. 어렸을 때는 아버지에게 한 번이라도 혼나 봤으면 좋겠다는 생각도 했었어요."

사토미 씨는 아버지와 함께 살지 않는다는 것에 큰 충격을 받은 것 같습니다. 그래서 남성미를 과시하는 남자들에게 끌렸던 것입니다.

"항상 곁에 남자가 있어야 안심할 수 있었던 것 같아요. 그래서 조금 거칠고 난폭하더라도 힘 있게 이끌어주는 남자를 선택했던 거구요. 하지만 이제는 남자에게 기대지 않고 혼자 서 보도록 노력할 거예요. 씩 씩해지고 강해진 다음에 남자를 만나야겠어요."

현재 사토미 씨는 정신적으로 자립하기 위해 열심히 노력하고 있습 니다.

"이번 연애는 결혼을 목표로 최선을 다 할 거예요."

그녀는 당찬 의욕을 보였습니다.

지난 사랑을 뒤돌아보십시오. 그러면 무엇이 문제인지 알 수 있을 것입니다.

과거는 때로 현재 일어나는 일들에 대해 많은 가르침을 줍니다.
무엇이 문제인지 잘 모르겠다면, 조용히 뒤돌아보십시오.
그 속에 해결책이 있을지도 모릅니다.

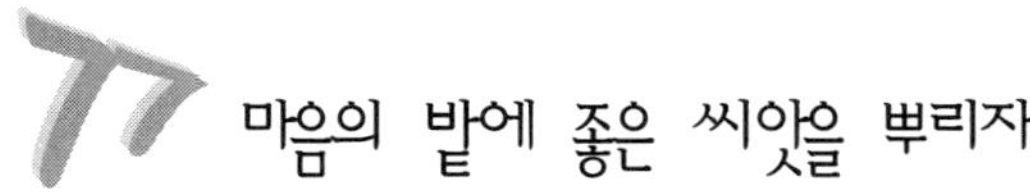

마음의 밭에 좋은 씨앗을 뿌리자

좋은 사람을 만나 멋진 사랑을 하고 행복한 결혼을 맞이하기 위해서는 평소 마음의 밭에 좋은 씨앗을 뿌려두어야 합니다.

유유상종(類類相從)이라는 말이 있습니다. 사람은 자기와 같은 타입의 사람을 끌어당기게 마련입니다. 그러므로 만약 '좋은 사람'을 만나길 원한다면, 우선 본인이 '좋은 사람'이 되어야 합니다.

'나를 정신적으로 후원해줄 수 있는 믿음직스러운 남자친구가 있었으면 좋겠다.'

이런 생각을 한다면, 누군가의 정신적인 지주가 될 수 있을 만큼 넓고 강한 마음을 가져야 합니다.

사치코(早智子) 씨는 이상하게도 늘 돈이 없는 사람하고만 사귀게 된다며 한숨을 지었습니다. 사연을 들어보면 데이트 할 때의 식사비용은 항상 사치코 씨가 부담했습니다. 선물 같은 것은 한 번도 받아본 적이 없고, 오히려 그녀 쪽에서 남자친구가 원하는 것을 사주는 편이었습니다.

그가 사귀었던 남자친구들은 아르바이트를 해서 돈을 벌면 도박으로 날려버리곤 했습니다. 그녀는 이런 남자들만 계속해서 세 명이나 사귀게 되었던 것입니다.

사치코 씨는 책임감이 강하고 착실한 장녀입니다. 그래서인지 남자들을 잘 챙겨주었습니다. 그래서 자신에게 기대는 남자들을 애인으로 선택했던 것 같습니다.

"제 생각에는 사치코 씨 쪽에 문제가 있는 것 같군요. 사치코 씨가 경제적 능력을 갖추고 있다보니 자신에게 의지할 수 있는 상대만을 선택한 것은 아닐까요? 그런 사람을 좋아해서는 안 된다는 법은 없지만 지금 상황은 당신이 원한 것이라고 생각해보시기 바랍니다."

저는 이렇게 충고해주었습니다.

만약 상대방이 마음에 들지 않는다면 그 원인은 자신에게 있는지도 모릅니다. 그리고 애인이 원하는 대로 모든 것을 다 해주거나 도와주는 것이 사랑은 아닙니다. 또한 그것이 언제나 상대방을 위한 것만은 아니라는 것을 꼭 기억하십시오.

자신의 마음이 상대방을 부르는 것입니다. 마음의 밭에 좋은 씨앗을 뿌리시기 바랍니다.

현재는 당신이 선택한 것입니다. 현재가 마음에 들지 않는다면 당신의 마음을 들여다보십시오. 당신의 마음은 지금 어떻습니까?

 서로에게 기댈 수 있는 존재가 되자

둘 중의 어느 한 쪽이 일방적으로 상대방에게 의존하고 있는다면 두 사람의 관계는 지속될 수 없습니다. 처음 얼마 동안은 그런대로 유지가 되겠지만 결국에는 어느 한쪽이 정신적으로 지쳐버리게 됩니다.

그러므로 이상적인 관계는 서로 어리광도 부리고 서로 도와줄 수 있는 사이라고 할 수 있습니다. 혼자 고민하거나 참을 필요도 없고 처음부터 상대방에게 너무 많이 의지하는 것도 좋지 않습니다. 도움이 필요하거나 어려운 일이 생겼을 때는 서로 도와줄 수 있는 것이 가장 좋은 관계입니다.

코우지(康司) 씨는 무조건 참는 성격입니다. 엄격한 부모님 밑에서 자랐기 때문인지 다른 사람들에게 자신의 약한 모습을 보여주는 것을 부끄러운 일이라고 생각합니다. 여자친구에게조차 힘들어하는 모습을 보여준 적이 없습니다.

그러던 어느 날, 코우지 씨가 회사에서 엄청난 실수를 저지르고 말았습니다. 거래처에 전달해주어야만 하는 중요한 서류를 지하철 안에 두고 내린 것입니다. 지하철역에 전화를 하고, 동료직원과 후배들이 바쁘게 뛰어다닌 덕분에 시간 내에 서류를 무사히 전달할 수는 있었지만, 직장 상사에게 심한 꾸지람을 들었습니다.

코우지 씨는 심한 스트레스를 받은 그날 여자친구를 만났습니다. 보통 때처럼 회사에서 있었던 일에 대해서는 한 마디도 하지 않았습니다. 뭔가 이상하다고 느낀 그녀는 그에게 물었습니다.

"오늘 무슨 일 있었어요?"

코우지 씨는 그녀가 눈치챘다는 것을 알고 당황했습니다. 그래서 술에 취한 김에 오늘 실수했던 일과 상사에게 혼난 이야기를 털어놓았습니다. 그가 처음으로 자신의 속마음을 솔직하게 이야기 해주었기 때문에 그녀는 그만 감격하고 말았습니다. 이야기를 끝낸 코우지 씨는 마음이 후련해지는 것을 느꼈습니다. 그는 처음으로 느껴보는 감정이었습니다.

"앞으로는 무슨 일이든 상관없으니까 편안하게 다 이야기 해줘요. 그대신 내가 힘들어할 때도 꼭 위로해줘야 해요."

그녀가 웃으면서 말했습니다.

그 후로 코우지 씨는 무조건 참지 않고 힘들 때는 그녀에게 솔직하게 힘들다고 말하게 되었습니다. 반대로 그는 그녀가 도움을 필요로 할 때는 힘껏 격려해주고 도와주려고 노력했습니다. 그 후 두 사람은 서로를 진심으로 아끼고 사랑하게 되었다고 합니다.

　인생을 살아가면서 겪게 되는 수많은 역경들을 혼자의 힘으로 극복해나가야 한다면 상당히 힘들 것입니다. 그러나 사랑하는 사람과 함께 해결해나간다면 그 고통은 반으로 줄어들 것입니다.

 마음을 닫고 자신의 감정에 대해 전혀 말하지 않는다면, 진심으로 사랑한다고 할 수 없습니다.
당신의 연인에게 힘들면 힘들다고 고백해보십시오.
당신의 연인은 당신의 마음을 위로해주고 감싸줄 것입니다.

사랑의 기술 78가지

지은이 · 우에니시 아키라
옮긴이 · 홍성빈
펴낸이 · 배기순
펴낸곳 · 하남출판사
초판발행 · 2004년 10월 15일
등록번호 · 제10-221호
서울시 종로구 관훈동 198-16 남도빌딩 302호
전화 (02)720-3211 · 팩스 (02)720-0312
홈페이지 · www.hnp.co.kr
e-mail · hanam@chollian.net
ISBN 89-7534-311-1

※잘못된 책은 교환하여 드립니다.